宙ぶらん

伊集院　静

集英社文庫

宙ぶらん　目次

宙ぶらん

煙草

「どうだったい、昨晩は？　女は見つかったかい」

年老いた漁師はボートの引き綱を桟橋の杭《くい》に巻き上げながら、狭い水路を隔てたむかいのアパートのテラスにたたずむ男に訊《き》いた。

男は黒い蜜のような眸《ひとみ》を漁師にむけ、首を横に振り力なく笑った。

「そうか……。残念だったな。だが俺たちだってそうそう運に見捨てられてばかりじゃないからな。たぶん、今夜あたりさ。今夜、女に出逢《であ》えるさ」

そう言って漁師は日焼けした鼻先にシワを寄せて笑い、彼自身にも好運がめぐってくるように期待をこめ、引き綱を巻き終えた手で、ちいさく十字を切った。

すでに陽《ひ》は昇り、漁師の上着にこびりついた鱗《うろこ》が夏の光にきらきらとかがやいていた。

狭い水路が外海から寄せる波に揺らぎ、波紋に反射した光が二人の男の衣服や顔に美しい縞模様《しまもよう》を映し出していた。頭上で赤児《あかご》のむずかる声がした。

「どうでしたか、漁は？」

男が独特のイントネーションで今朝の釣果を訊いた。

「まあまあってとこだ。一杯はやれる」

漁師が右手の親指と人さし指で酒を呑《の》む仕草をすると、男は嬉《うれ》しそうにうなずいた。

老漁師は男のやわらかな微笑を好ましく思っていた。東洋の血を引いた寡黙な男を、近所の連中は危険な匂いがすると、近寄らぬようにしていた。毎夜、男は娼婦《しょうふ》の立つ路地を徘徊《はいかい》し、盗みの獲物を物色しているのだと、あらぬ噂《うわさ》を立てられていたが、老漁師にはいつも独りでいる男の中に、何か自分と同じ匂いを感じていた。

必要以上に口を開かぬ男だったから、まれにしか発しないイタリア語はたしかに拙《つたな》く、聞きとりにくくはあったが、男が言葉を選んで慎重に話そうとしている気持ちは伝わった。

——不器用なのだ。それだけのことだ。

漁師は男の不器用さにも好感を抱いていた。若い頃、彼もひどく不器用で世渡りが下手《へた》な男だと周囲の人から陰口をたたかれた。

漁師の妻だけが、それが不器用ではなく、

「それはあなたの誠実さなのよ。間違った判断をしてはいけない、間違ったことを口にしてはいけないといつも思っている、あなたの慎重さがそうさせているの。それは不器用ではなく誠実なのよ」

と言ってくれた。

――そう、この男は誠実なのだ……。

漁師は男の顔を見るでもなく胸の中でつぶやき、家の扉の脇にある鉄鉤《てつかぎ》に空の魚籠《びく》を吊《つる》すと、重い扉を押し開いた。鶏が首を絞められたような音を立て扉が開いた時、漁師は家の中に踏み入れようとした足を止め、むかいの男を振りむいた。

「どうだ？　昼に一杯やらないか。ひと休みして目覚めたら声をかけよう」

漁師の言葉に男はちいさくうなずいた。

漁師はそれを見て、満足気に扉を押し家の奥に消えた。彼は玄関先に帽子と上着を掛け、何十年もそうしてきたように風呂場《ふろば》へ行き上半身裸になり、手と顔を洗い、ベッドルームに行くと窓辺にむかって頭を下げ、ゆっくりと十字を切り、シーツの中に潜りこんだ。荒い寝息を立てる老人に、閉ざされた窓辺の桟に飾られたマリア像と亡き妻の写真が微笑《ほほえ》みかけていた。

男は老漁師の姿が扉のむこうに消えると、扉の脇で揺れている魚籠をじっと見ていた。魚籠の揺らぎには数時間前まで漁師がいた外海の波の気配のようなものが漂っていた。

男は目を閉じて、外海を想像した。男の瞼《まぶた》の裏に浮かぶ海は老漁師が漕《こ》ぎ出していたアドリア海ではなかった。彼が知っているこのあたりの海はジュデッカ、サン・マルコといった運河か、ベネタと土地の者が呼ぶ潟《かた》で、それも日本人観光客と一緒に遊覧しただけだった。彼の脳裡《のうり》にひろがる海は流氷の漂うオホーツク海だった。彼は三度にわたる日本への帰国で、一度母の生家がある網走《あばしり》を訪ねた。母の遺骨を墓に納めるためだった。その折、母の弟の漁船に乗せて貰《もら》ったことがあった。海は荒れていた。子供の時から海を知らない彼は唸《うな》りを上げて押し寄せる波に恐怖を感じた。と同時にそんな荒海の中で平気で漁をする叔父や漁師たちに畏敬の念を抱いた。その気持ちが、そのままむかいの老漁師の姿に重なっていた。

男もむかいに住む老漁師のことが好きだった。

ちいさなヴェネツィアの島の中で、彼が唯一やすらぎを覚える相手が、老漁師だった。同じ気持ちを老漁師の妻にも抱いた。アナヨータという名前の、イオニア諸島出身のギリシア人の妻は、異郷の地からやってきた独り暮らしの男に何かと親切にしてくれた。互いに異郷からこの島に住みついたことで相通じるものがあったのかもしれないが、彼女の自分に対するまなざしには母親にも似たぬくもりが感じられた。どうして自分に対してそんなまなざしをむけてくれるのか、男には理解できなかった。

「そのシャツをこっちに放《ほう》りなさい」

それが彼女が最初に投げかけた言葉だった。

おはよう、今晩は、と挨拶は交わしていたが、或《と》る《あ》日の昼下がり、男が薄汚れたシャツを着たままテラスの椅子に腰を下ろしていると、いきなりむかいからアナヨータが声をかけてきた。ひどく南部訛《なま》りのあるイタリア語で、彼女は男のシャツを指さし、脱いでこっちによこせという仕草をした。そうして足元に置いた金盥《かなだらい》の中で男のシャツを洗ってやると説明した。男が断わっても彼女は譲らなかった。そんなふうな要求を実の母からでさえされたことがなかったので戸惑っていると、背後から顔を出した夫の漁師が、妻の言うとおりにしてやってくれと頼んだ。男は漁師に何度か酒をご馳走《ちそう》になっていたので仕方なくシャツを脱いで彼女に放り投げた……。

沖合いでの漁師の姿を想像しているうちに、あの昼下がりの仲睦《なかむつ》まじかった夫婦の姿が重なった。男の放り投げたシャツを受け止めようと立っていた二人の姿が真昼の陽射《ひざ》しの中でまぶしく揺れていた。光に抱かれていた二人の姿が失《う》せると、そこには古い扉と魚籠だけがあった。

老漁師は今頃、眠っているのだろう。彼の夢の中にアナヨータはあらわれているのだろうか。そうであればいい、と男は思った。

ほどなく男は五十歳になろうとしていたが、男にはすでに何かを願ったり、期待したりする感情は失せていた。

男はもういく晩も眠れずにいた。

酔い潰れてベッドに横になってもいっこうに眠気はやってこなかった。眠ろうとすればするほど目が冴《さ》えてしまい、いつしか男は眠る行為にさえ拒絶されたのだと思うようになっていた。

男はここ数ヶ月、同じことをくり返す暮らしが続いていた。

日中はぼんやりとしているだけで、部屋の中が蒸し暑くなればテラスに出て椅子に腰を下ろしていた。テラスの陽射しが強くなれば部屋に入り、ソファーに身体《からだ》を埋《うず》めてラジオから流れる音楽を聴いた。特別音楽が好きなわけではなかったが、静寂の中に身を置くのが怖い気がした。やがて夕暮れを告げる教会の鐘の音が島のあちこちから聞こえてくると、男は部屋を出てカフェに入った。そこで酒を注文して、ゆっくりと飲んだ。宵の喧噪《けんそう》がはじまると男はカフェを出て人混《ひとご》みの中を徘徊した。この島にも老漁師以外にわずかな顔見知りはいたが、男の目に映る人々は誰も初めて出逢う人に思えた。

夜が更けると男は娼婦たちの立つ路地をさまよった。以前は乞われて女と夜を過ごすこともあったが、ここ半年はただ娼婦の顔をたしかめるためにうろつき回っていた。

娼婦たちは毎晩あらわれる男のことをよく覚えていた。いつしか女たちの間で、男が誰か一人の女を探してさまよっているのだという噂が立つようになり、娼婦たちも男を無視するようになった。

それでも時折、女たちが薄気味悪く思うことを男はすることがあった。それは決って女たちの誰かが煙草《タバコ》をふかしている時だった。つい一時間前に女たちの顔を物色するかのように通り過ぎて行ったはずなのに、一人の女が煙草を呑んでいる姿を見つけると、少し離れた場所にじっとたたずみ、刺すような視線でその女を見つめ、男の存在に気付いた女が男を見返すと、同じ言葉を投げかけるのだった。

「君、名前は何というんだ？　生まれはどこなの？」

「何を言ってんだ。頭がおかしくなったのかい。さっき顔を合わせたばかりじゃないか。そんな気味の悪い目で見ないでおくれ」

女たちはそう言って、真剣な表情で自分たちを見つめる男を気味悪がった。

――頭がおかしいんだよ。

女たちはそう囁《ささや》き合っていた。

漁師は目を覚ました。いつもより深く眠りこんでいたのがわかった。

――何か夢を見ていたのか……。

そう思ったが、何の夢を見ていたのか思い出せなかった。妻が死んでからはもうずっとそうだった。歳《とし》を取るということは、若い時に必要だったものがひとつずつ失せていくことなのだろう。今朝、海で目にしたものでさえ彼は思い出せなかった。釣り上げた魚の目さえ浮かばない。何ひとつとして依《よ》るべきものがないのだ。淋《さび》しいことではあるがしかたがないと思う。

妻に、若かったアナヨータに、ザキントスの島の酒場で出逢ったあの日、彼が生涯でもっとも興奮し、ときめいた時……。漁師はその日から寝ても覚めてもアナヨータのことを思った。人生で一度きりの恋に堕《お》ちた。彼はアナヨータの中に女神を見たのだった。酒場のあばずれ女と人が言おうが、安い娼婦と言われようがかまわなかった。彼はアナヨータを娶《めと》り、故郷のヴェネツィアに連れ帰った。子は授からなかったがしあわせな人生だった。妻の顔にシワが増え、髪が白くなっても、彼は島の酒場の隅で煙草をふかしていた美しいアナヨータを妻の中にいつも見ることができた。彼が年老いてからも添い寝する妻の耳元で、そう囁くと、彼女は嬉しそうに笑って言った。

「お馬鹿さんね、私の赤ちゃん」

言葉の響きといい、表情といい、世の中で夫にしかわかり得ない悦楽があった。その妻がいなくなった日から彼女との思い出以外、漁師には思い出すべき時間はなくなっていた。今朝獲《と》った魚の目さえ忘れた。

妻が病いに臥《ふ》せった時、むかいの男は花をくれた。その花をどんなに妻が喜んだかを男に話してやりたかった。その花を見つめながら妻が言った。

「あの人の胸の中には大きな空洞があるのよ。だからそれを埋めるために毎夜、女たちのもとに出かけるのよ。それでも埋まらないのだと思うわ。ねぇ、私たちであの人の哀《かな》しみを埋めてあげましょう」

「そうだな。おまえが恢復《かいふく》したらそうしてやろう」

約束は果せず妻は一ヶ月後に亡くなった。

だからというわけではない。漁師は男の中に自分と同じ何かを見てしまうことがあるのだ。それが何なのか、漁ばかりをしてアナヨータだけを見て生きてきた男にはわからなかった。だがたしかに感じるのだ。ああしてテラスの椅子に座り何を眺めるふうでもなく宙を追っている目と姿を見ていると、漁師は自分を見ている気がしてならないのだ。

漁師の目から見ても男は日毎《ひごと》に痩せ衰えていくのがわかった。

孤独に耐えられなくなったのだろうか。ならその術《すべ》を教えてやろう。女に出逢えない辛《つら》さなら、その対処法も伝授してやろう。

漁師は顔を洗い、シャツを着て、台所に行くと、棚の奥に仕舞っておいた取って置きのGRAPPA《グラッパ》を出した。アナヨータとの初夜に二人が呑んだ特別な酒だった。これを飲めば精力がつく。元気になって、探している女とも出逢えるというものさ。

漁師は酒瓶をテーブルの上に置き、グラスをふたつ並べ、扉を開けてむかいの窓に声をかけた。二度、三度と声をかけたが窓は開かなかった。すると隣りの部屋の娘が顔を出した。漁師は娘に隣りの男を起こしてくれるよう頼んだ。娘はこころよくうなずいた。やがて窓が開き、まぶしそうに目をこすりながら男が顔を出した。

漁師は酒を呑む仕草をして家にくるように言った。男はちいさくうなずいて姿を消した。男の部屋から漁師の家にくるには少し離れた橋を渡らなくてはならなかった。漁師は男が着くまでにオリーブの実を瓶の中から出して皿に載せた。声が聞こえて男がやってきた。

「少し痩せたんじゃないのか。ちゃんと食事はしているのか。さあ、入ってくれ」

「お邪魔します」

「ヤモメ暮らしで男臭いかもしれんが、酒は飛びっ切りのがあるぞ」

「何年振りかな。ここにお邪魔するのは」

「アナヨータの見舞いにきてくれて以来だ。その時は綺麗《きれい》な花をありがとう。妻はとても喜んでいたよ」

「私が花を?」

男は小首をかしげた。

酒を呑みはじめると漁師は妻のことを思い出した。それも出逢った頃の美しい妻の姿だった。酔い心地がすこぶる良かった。漁師は上機嫌になり、若い時に妻と歌った歌を口ずさんだ。妻が死んでから一度も口ずさむことのなかったものだった。

男は酒が入ったせいか少し頬を赤らめて漁師の歌を黙って聞いていた。漁師には男が自分の歌を酒を馳走になっているから無理に聞いているようには見えなかった。なぜならテーブルに頬杖《ほおづえ》をついて彼の歌を聞く仕草が妻ととてもよく似ていたからだった。漁師は嬉しくなった。この先ちょくちょく男と酒を酌み交わしたいと思った。そう考えると妻の言葉が耳の奥から聞こえた。

――私たちであの人の哀しみを、胸の空洞を埋めてあげましょう。

漁師は妻の言葉に大きくうなずき、男のグラスにＧＲＡＰＰＡを注《つ》いだ。

「ところで毎晩探しているという女はどんな人なのかね？　かまわなければ少し話してくれないものだろうか？」

漁師が男の顔を覗《のぞ》き込むと、男はゆっくりと黒蜜のような眸を上げて、漁師の目をじっと覗いた。

数奇な運命とは男が辿《たど》った人生を呼ぶのかもしれない、と漁師は思った。

男は前のヨーロッパでの大きな戦争が終って十数年して日本からやってきた女の長男としてパリで生まれた。父はブルターニュ出身のフランス人で、母とは日本でめぐり逢い結婚し、フランスに連れ帰った。母は日本で芸妓《げいぎ》をしていた（このことを男は後に知った）。彼が生まれた三年後、妹が誕生した。妹が母のお腹《なか》にいる頃から夫婦仲が悪くなった。妹が誕生した時、両親は別居し、妹が一歳の時、離婚した。父が母を捨てたのである。母は父の実家から子供二人を養育できるだけの財産を貰い、パリで暮らした。母は元々気丈な女であったが、生来の派手好みの性格もあり、つつましく暮らしていれば母子三人が二十年は生活できる金を数年で使い果してしまった。その後になって元夫へ金を要求に行ったが、それは叶《かな》わなかった。母は酒場に働きに出た。それでも少年は妹と二人、母の言いつけを守り、ちいさなアパートの部屋でけなげに母の帰りを待った。少年は妹が好きだった。可愛《かわい》くてしかたなかった。妹も兄のことが世の中で一番好きだった。

或る夕暮れ、少年と妹はセーヌ河岸に出ていた大道芸人たちと出逢った。小屋に入る金はなかったが、妹は小屋の隅にいた一匹の仔犬《こいぬ》に夢中になった。アパートに帰る時間だと言っても妹は珍しく兄の言うことをきかなかった。明日もくるからとようやく説得してアパートに戻った。アパートの窓から先刻の大道芸人の小屋の灯《あか》りが見えた。妹は窓辺に立ち、その灯をいつまでも見つめていた。少年もあの人たちの中に入って生きていければいろんな街を旅できるのだろうと一瞬思った。

事件は翌夕起きた。妹の姿が失せていた。大道芸人の小屋も消えていた。少年は母が働く酒場に走り、事情を話した。その夜、母と少年は一晩中妹を探した。どこにも妹の姿はなかった。その日から母と少年は妹を探し続けた。一ヶ月、二ヶ月、半年が過ぎたが、妹の消息はつかめなかった。母はやつれ、父に救いを求めたが聞き入れて貰えなかった。父は母に妹のことより少年をしっかりした学校に行かせるように命じた。その約束で母は父から金を受け取り、妹を探すためにフランス中を旅しはじめた。少年は父から日本に行くように言われ、二度帰国し、日本の教育とフランスの教育を受けた。母の死の報《しら》せはマルセイユから届いた。妹の失踪からすでに十五年が過ぎていた。母の遺品の中に三人で写した一葉の写真があった。写真の中の母も妹もしあわせそうだった。若者になっていた少年は美術学校に通うかたわら妹を探した。

ヨーロッパには昔から東洋人の女性を好む男たちがいた。その男たちのために娼婦の館《やかた》には必ず東洋の血の入った女がいた。その女たちは中近東から売られてくる者もいたが、少女の頃に、その手の女たちを育てる集団に誘拐され、成人した後に娼婦として働かされる女もいた。そんな事情を男が知ったのは、彼が三十歳を過ぎてからのことだった。男は娼婦たちの中に入るようになった。男は妹を探すことに時間と気力の大半をとられ、画家としての勉強もおろそかになり、人生の伴侶を見つけるどころか恋すらできないで大人になっていた……。

そこまで話して男は黙りこくった。

漁師はうつむく男の顔をしげしげと見て、大きく吐息をついた。妻の勘は的中していた。それは男にとって大き過ぎる空洞に思えた。

「それで毎晩、君は娼婦の立つ場所に出かけていたのか?」

「いいえ、そうではないのです。この話をどう思われるか、あなたに聞いて貰いたかったのです」

漁師は身を乗り出して話の続きを聞いた。

ヴェネツィアだった。すでに妹が失踪して四十年近い歳月が過ぎていたから男は妹のことをだんだんと忘れるようになっていた。ヴェネツィアには友人の芸術展の手伝いで訪れた。男はいつしか娼婦とだけしか眠れない体質になっていた。

男はその女を一目見た時、妙な懐かしさが湧いた。その夜、男はひどく酒を飲んでいた。金にこうるさく情が深い女ではなかったが一晩をともにし、夜明け方物音で目覚めると、女がホテルの窓辺に立ち、サン・ジョルジョ島の教会をじっと眺めていた。女は煙草をふかしながら何やら物思いに耽《ふけ》っていた。男はこれと同じ光景をどこかで見た気がしたが思い出せなかった。女の片方の手から何かがこぼれて揺れていた。それは男が子供の時からしていた十字架だった。寝ている間に盗んだのか、と男は思った。娼婦との交情で盗みはよくあることだった。女はその十字架を頬に持ち上げ、そっと頬ずりをした。その横顔が美しかった。男はそこでまた眠ってしまった。

「で、その女はどうしたのかね？」

「目を覚ましたら姿はありませんでした」

「十字架を盗んで行ったのかね？」

「いいえ、十字架はテーブルの上に置いてありました」

「そうかね……。で、そのやさしい女に再会したいと願っているのかい？」

「いや、女はもう二度とあらわれないでしょう」

「どうしてだい？」

そこで男はしばらく沈黙した後に言った。

「彼女は私の妹だったからです」

漁師は思わず男の顔を見返した。

「私は大変な罪を犯してしまいました」

「どうしてその女が妹さんだとわかるんだい？」

「煙草です。煙草の吸い方が母と同じだったのです。母も父と離別してから娼婦をしていたのです」

「………」

漁師は黙ったまま、美しかった彼の妻の姿を思い出していた。

「教えてくれませんか?」

男は漁師に言った。

「何をだい?」

「その女は私の妹だったのですかね」

漁師は男の辛そうな顔を見るに忍びなくなった。しばし目を閉じ、静かに言った。

「私にはわからないが、兄のあなたがそう信じるのなら、彼女は妹さんだったのだろう。でもそれは罪なんかではない。神が二人を抱擁させたのだろう。そう神が……」

漁師が目を開けると、すでに男の姿はなかった。

翌日の午後、漁師が家に戻ってきた時、むかいの娘から、隣室の男が昨晩、運河に身を投げて死んだことを聞かされた。

漁師は、その日以降、二度と海へ出ることはなかった。

塩

ハム半切れ、馬鈴薯《じゃがいも》半個、パンを少々にミルク。

これが下宿屋の朝食だった。

残る半切れ、半個をパンにはさみ、それに塩の固まりひとつを入れた袋を渡され、私と相棒は炭鉱に働きに出た。

夕食は、ハム二枚、馬鈴薯一個にパン、スープが一皿。

私と相棒は十九年間、このメニューだけの食卓にむき合い、無言で食べ続けた。

一日も休むことなく私たちは夜明け方にそれぞれの部屋から階下に下り、冷たいミルクでハムとパンを喉の奥に流し込み、賄《まかな》い女に言葉をかけるでもなく、ランチの袋を脇にかかえて下宿屋を出て、炭鉱までの坂を下りて行った。

朝はたいがい海から凍《い》てつく風が吹き上げ、私たちは顔をうつむかせ歩いた。

一日中たっぷりと働き、私たちは下宿屋に戻って行った。

すでに坑内を出て事務の仕事に就いていた私と違い、相棒は庭の樫《かし》の木の下で汚れた手と顔を脂の固まりのような石鹸《せっけん》で丁寧に洗い、酒場と娼館《しょうかん》に出かけるために服を着換えて食卓についた。

一日の出来事を話すでもなく、かたいハムを噛《か》む音とさめたスープをすする音だけがした。食事を終えると相棒は酒場と娼館にむかった。私は部屋に戻り、本を読み、日誌をつけて眠った。

十九年間何ひとつ変化のないこの暮らしが、年が明ければ三十五歳になる二人の男にとって平穏であるのか、つまらないものか、私にはわからなかった。

私と相棒は十五歳の年に、この街に舞い戻ったリューシャという女から、それぞれが住んでいた下宿屋を探し当てられて言われた。

「こんな薄汚れた下宿屋で暮らしていたら、今におまえたち二人は薄ぎたないろくでなしになってしまう。いいかい、今夜中に荷物をまとめて私の家にくるんだ。家賃と賄いの金は私が直接炭鉱事務所に差っ引くように話をつけておくからね。早くおし」

もう充分大人に引けを取らない仕事ができる坑夫に成長していた若者二人が、まるで母犬に首根っ子をくわえられた仔犬《こいぬ》のように、街はずれの丘の中腹にあるリューシャの下宿屋に連れて行かれた。

リューシャに抗《あらが》う理由はなかった。

街の下宿屋は、時折、屋根の修理だとか、戦勝記念日の寄附だとか何かの名目をつけて金を取ったり、行商人が置いて行ったつまらないものを押しつけたりした。それが街の下宿屋のやり方であり、どこも皆同じようにしていた。下宿屋に支払う金などわずかなものであったから文句を言う坑夫もいなかった。坑夫の賃金はそれほどしっかりしていたし、その頃、大陸ではまた戦争がはじまり、戦場に送り出す物資を徹夜で生産し続ける工場の窯《かま》は坑夫たちが掘り出した石炭を際限なく呑《の》み込んでいた。北の地方では農夫が餓死して村ごと離散した話が伝わっていたから、私たちは運の良い街に生まれ、申し分ない仕事にありついていたのだろう。

「いいかい。ヤニッ（相棒の名前。正確にはヤニックなのだが、ロシア移民のリューシャは相棒が子供の時からこう発音した）、賃金の半分とは言わない、三分の一を貯《たくわ》えるんだ。身寄りのないおまえもいずれ嫁を貰《もら》う時がくる。その時に嫁の支度金が出せないようじゃ、ただのろくでなしと思われて娘の父親はおまえに娘をくれやしないんだ。世の中はいつだって金でそいつを判断するんだ。ノビル（私の名前）、おまえも同じだ。わかったね。明日、私が炭鉱事務所に行って話をつけておくから……」

リューシャの言葉に、酒を覚えはじめ、すでに色気づいて娼館に出入りしていた

相棒は不満そうな表情を顔に浮かべたが、大きな音を立てて食卓を両手で叩《たた》いたリューシャの、

「わかったんだね」

と念を押すような怒鳴り声と隠し事すべてを見透かすグレーの眸《ひとみ》に睨《にら》みつけられ、仕方なさそうにうなずいた。勿論《もちろん》、私も同じだった。

坑夫の中でも屈強さでは引けを取らなかった相棒と、屈強ではない上にひどく小柄ではあったが人並みに仕事はできていた私が、血縁関係もないロシア生まれの女の命令に従ったのには訳があった。

リューシャは私たち二人の乳母であった。

私と相棒はリューシャの豊満な乳房からよどみなく出ていた乳をたっぷり飲んで育った。

私たち二人が赤児《あかご》の時、リューシャの乳をむさぼるように飲んだのには、三人それぞれの事情があった。

私と相棒が生まれた冬、この土地をひどい寒波が襲った。私の母親は風邪《かぜ》をこじらせ病いに臥《ふ》して、私を産み落してほどなく死んだ。相棒の母親は彼を産んですぐに夫と赤児を捨てて街から失踪した。彼の母親は娼婦だった。そうしてもう一人、

児を産んだ女がいた。リューシャだった。リューシャの赤児は死産だった。母親を失《な》くした二人の赤児と、赤児を失くした母親が一人、同じ冬に同じ街に居た。ごく自然の成り行きで二人の赤児の父親はリューシャに金を払い、乳母を引き受けて貰った。リューシャは乳を与えるだけではなく、二人の赤児の母親の役割も引き受けることになった。なにしろ男たちは毎日炭鉱の中に入らなくてはならなかったし、夜は夜で酒場と娼館に通わなくてはならなかった。赤児と乳母が特別な関係になろうがおかまいなしだった。

ひとりの女の乳を分け合って育ったことが人をどんな関係にするかは私にはわからないが、走り回れるガキに育った頃、相棒は同じ歳頃《としごろ》の中でも腕っぷしが強く度胸が備わり、初中後《しょっちゅう》いじめられてはべそを掻《か》いている私を助けてくれた。相棒は〝兄弟〟という言葉を使う情緒はなかった。彼は粗野そのものだった。

「ヤニッ、人を殴れば痛いのだよ。わかるか、おまえだってこうしてつねられれば痛いだろう。やられた者は死ぬまでその痛みを忘れないんだ。やがておまえがその痛みを受けるようになってしまうんだ。寝首を掻かれて死んでしまうんだ。だから人に手を上げるんじゃない」

リューシャは、相棒が街で喧嘩沙汰《けんかざた》を起こしたと聞く度に、彼の二の腕を痣《あざ》ができるほどつねって諍《いさか》いをしないように忠告した。相棒はリューシャにされることはどんなことでも逆らわなかった。

リューシャは叱った後、必ず両手をひろげ、私たちを抱きしめ、後頭部を左手で包み、豊満な乳房に顔を引き寄せるようにして右手で背中をさすった。それは私たちがまだ赤児の時、彼女がずっとやってきた抱擁のやり方だった。

私は街の古い聖堂で一度、それと同じやり方でイエスを抱いているマリアの絵を見たことがあった。

――ああリューシャと同じやり方だ。

私は祭壇の絵を見てつぶやいた。

まだリューシャが生きていた頃、私たち二人がリューシャの下宿に住みはじめた、或る夕暮れ、リューシャは下宿屋を訪ねてきた二人の子を連れた母親から赤児を抱き上げた。左手ひとつで赤児を器用に抱き、右手で少女の手を引いて、食卓にいた私たちの前にあらわれたことがあった。

「ほれ、おまえたち見てごらん。可愛《かわい》い赤ちゃんだよ。おまえたちもほんの少し前までこんなだったたんだ」

相棒は夕食を掻き込んで街の酒場と娼館に早いとこ行きたがっていたので、リューシャには目もくれなかった。私はリューシャの左手に抱かれた赤児を見ながら、自分の昔の姿を想像した。その姿が古い聖堂の祭壇に置かれたマリアとイエスの絵と同じだった。

私と相棒は口をきくことはほとんどなかった。ほとんどというより、皆無に近かった。

いつからそんなふうになったのか。ものごころついた時から私たちはそうだった。少年の頃、一度だけ私は坑夫の屯《たむ》ろする中で泣きながら相棒の名前を呼んだことがあった。私たちの父親が炭鉱の落盤事故に遭い、大勢の坑夫が水の底に沈んだ夜のことだった。坑夫たちは仲間を救い出す手だてを知らず、ただ坑道口に群がっているだけだった。私の声に気付いた相棒がおそろしい目をして私に歩み寄り、胸倉を摑《つか》んで言った。

「泣くんじゃない。黙ってろ」

以来、私に相棒が話しかけたこともなければ、私が彼に話をしたこともなかった。それでもリューシャが生きていた時は彼女が食卓に混ざって何かと話をすることで奇妙な会話のようなものが成立していた。

「海のむこうじゃまた戦争がはじまったそうだ。西部戦線と言うらしい。ドイツ人は本当に馬鹿な連中だ。どうして人のものを欲しがるのかね。おまえたちは良かったね。この街に生まれて、兵隊に取られることもなくて。ヤニッ、おまえが戦場に行ったら最初に死んでしまうだろうよ。意外とノビルのような怖がりが長生きするのが戦場というものらしいよ。ハッハハハ」

私はリューシャの話に相槌《あいづち》を打ったが相棒はいっさいしなかった。かといって彼がリューシャの話を聞いていないのではなかった。

「ヤニッ、あの女はやめておいた方がいい。都会というものを一度でも見た女は男を物と同じに見るものだ。金が続くうちは笑って抱かれてるけど、もっとしっかりした金蔓《かねづる》があらわれたら平気でおまえを捨ててしまう。まあいい、惚《ほ》れてる間は通ってみることだ。ノビル、おまえはどうして女をこしらえないんだ。まさかあの大学出の本狂いの上司に抱かれているんじゃないだろうね。男と男じゃ、赤ん坊は生まれやしないよ。ハッハハハ」

リューシャは私たちが嫁を貰えないことをいつも気にしていた。娼館に通う相棒にはそうしなかったが、私の所には初中後《しょっちゅう》女を探してきて紹介しようとした。まともな娘など一人もいなかったし、私もそんな気にならなかった。リューシャが〝本狂い〟と呼んだ私の上司も同じように娘を紹介してきたが、私は婚約者がいると嘘《うそ》をついて断わっていた。

私は炭鉱の経営者からの命で、その〝本狂い〟の上司に付き、事務を覚え、経理の仕事に就いていた。上司は私に、あの下宿屋を出て街に住むようにすすめたが、私は下宿屋の女主人が自分の乳母で育ての親であることを話し、出て行くことはできないと説明した。

「あの首吊《くびつ》りの家にいつまでもいたら君の将来のためにならないよ」

〝首吊りの家〟と上司が言ったのは、かつてこの家の樫の木で二人の坑夫が首を吊って死んだからだった。私が子供の頃の出来事だからどんな事情があったのかは知らないが、二人目の坑夫が首を吊ってほどなくリューシャは街を出た。彼女と死んだ坑夫たちの関係は知らないが、ともかく二人の坑夫が私の部屋の窓から枝に手が届く木で首を吊って死んだのは事実だった。私も相棒もそんなことにはまったく無《む》頓着《とんちゃく》だった。

八年前、リューシャが風邪をこじらせて死んだ。

葬儀の日の半日だけ、私たちは仕事を休んだが、夕飯は同じように二人で食卓について無言で食べた。私は何か言いたかったが、相棒の表情からは何も口にするなという強い意志が伝わってきた。その夜、珍しく賄いの女が大きなタメ息を零《こぼ》した。あとは何がかわるわけでなく、相棒は街に下りて行き、酒場から娼館にむかい、私は部屋で本を読みはじめた。

リューシャが死んだ後も、私たちの朝夕の食卓の風景は何ひとつかわることはなかった。ただそれは表象だけのことのように思えた。我国の偉大なる詩人シェリーは「西風に寄せる歌」の一節で、〝冬来たりなば春遠からじ〟ではあっても、その風も微妙に前の年と気配が違い、浜に寄せる波もよくよく見ると昨日と同じものはひとつもない、と謳《うた》っている。この世に同じもの、ずっとかわらずにとどまっているものなど何ひとつないのだ。

リューシャが死んだことで相棒の身体《からだ》から箍《たが》が外れてしまうような気がした。それでも彼女が亡くなる前に私たちに言い残していた言葉は、数年間、亡霊の呪文のように、私たちに平穏を与えていた。

「よく覚えておくんだよ。私がいなくなってもきちんとこの家から炭鉱へ行くんだ。この家を出た途端に、おまえたちはカナリアも命綱もない坑夫と同じになるのだからね。闇の中から救い出すものがなくなったら、最後だからね。おまえたちがまともに生きて行けるように、この私がちゃんとしてやっているのだから……」

リューシャの心配は相棒だけにむいていたが、私の胸の奥底にもリューシャの言葉は残った。リューシャが亡くなって、私は突然不安になった。このまま生きて行く自信が正直、私にはなかった。何か得体の知れないものが私に襲いかかり、ここにある平穏な生活を破壊し、おそろしい目に遭わされるのではないか、という恐怖にかられることがあった。リューシャは私にとっての安堵《あんど》であったのかもしれない。リューシャが亡くなってから、私の目の前には相棒しかいなかった。

その相棒の存在をたしかめられるものは、朝夕ずっとかわらずにある食卓でしかなかった。他の家の食卓にあるような祈りの言葉や、世間話や笑いがなくとも、私にとって相棒との食卓は唯一の安堵だった。十九年間同じ食卓に居続けることは血のつながり以上のものがあるような気がした。

変調は一年前の冬の初めに起こった。

私は上司に呼ばれ、相棒が積み立てていた金を引き下ろしたいと言ってきたことを報《しら》された。

「君と同じ下宿屋に居る男だろう。仕事はよくするが凶暴な性格だと組合員から聞いているが……」

　上司は眼鏡の奥の目を光らせて私を見た。

「彼はそんな性格の人間ではありません。気の良い、やさしいこころの持ち主です。父親も祖父も、この炭鉱で坑夫として働いてきたちゃんとした家系の男です」

「家系？　坑夫に家系があるのかね」

　冷笑を含めてそう言い返した上司の顔を見た時、私はこの男から教わった詩も哲学も……、すべてがつまらぬものだとわかった。

　私は相棒が積み立てていた金が必要な理由をそれとはなしに聞き知っていた。新しい女ができていた。半年前から街で評判の娼婦だった。

　私はその女を一度見かけたことがあった。このあたりでは見かけない黒い髪をしていた。女は教会の裏手で子供を相手に遊んでいた。大声で笑い、少女のように駆け回っていた。女の動きを周囲の男たちが目で追っていた。

　通りかかった洗濯女が二人、姿を見て吐き捨てるように言った。

「あの女だよ。うぶな顔をして、もう二人も男が狂って殺《や》り合ったってよ」

「顔付きからしてジプシーの血が流れてるね。あの連中は違うものを信じているんだ。だから男が死のうと平気なんだよ。性悪女があらわれたもんだ」

私は女を眺めていた。美しい髪とたっぷりと肉がついた胸と腰は少女のものではなかった。

女が私の視線に気付き、足を止めて私を見た。

「あっ」

私は思わず声を出した。

その顔がリューシャに似ていた。

ほどなく女を取り合ってまた坑夫が刃傷沙汰《にんじようざた》を起こした噂《うわさ》が耳に入ってきた。

私は嫌な予感がした。予感は的中した。

相棒が外泊した。リューシャが死んだ後も、酒場でひどい喧嘩をした夜も、彼が下宿屋に帰ってこない日はそれまで一度としてなかった。

私はこの下宿屋で初めて一人で朝食を摂《と》った。ハムも、かたいパンはなおのこと、馬鈴薯さえも喉を通らなかった。賄い女は戸惑った顔で主《あるじ》のいない皿の上のハムを見ていた。

「ランチの袋はどうしましょうか」

「私が炭鉱に持って行く」

「ならすぐに準備をします」

私は朝食を終え立ち上がった。ストーブの脇に置かれた袋の中身をたしかめた。

「塩を忘れているよ」

私の言葉に賄い女は目を見開いて、口を手でおさえ奥に駆け込んだ。

女は私の手から袋を取り、塩の固まりを入れた。私はふたつの袋をかかえて炭鉱にむかった。海から雪混じりの風が吹き上げ、風の中に海潮音が聞こえた。

私は一瞬だけ海を見た。どす黒い海色は低く垂れこめた雪雲にまぎれて境界がわからなかった。


あと一ヶ月で相棒とともに過ごした日が二十年になるはずだった朝、私は荷物を手に下宿屋を出た。

二十年などということはどうでもいいことだった。

昨夜、私は日誌を焼き捨てた。日誌を付けることを教えたのは上司だった。

「君自身のことを記録していくことが歴史なのだよ。歴史を体験し、今君がいる世界が何たるかを知り、その世界と自分の関《かかわ》りを認識することが哲学なのだ。哲学が英智《えいち》を養ってくれるのだ」

私は上司の饒舌《じょうぜつ》で誇らしげな顔を思い出しながら十年余りの日誌を火の中に放《ほう》

り投げた。

「何が哲学だ。何が英智だ」

私は燃え盛る炎に唾を吐き捨てた。

炎の中に、桟橋の杭《くい》にひっかかるようにして死んでいた相棒の姿が浮かんだ。

私は相棒の遺体を馬車曳《ひ》きを雇い下宿屋に運んだ。下宿屋の庭に着くと、樫の木の下に寝かせ、衣服を脱がせ身体を洗ってやった。彼は炭鉱から戻るといつもここでそうしていた。屈強な背中に初めて触れた。私はこの背中を、毎夕、窓から眺めていた。服を着換えさせ、私は相棒の隣りにしばらくたたずんでいた。見上げると冬の星座が葉を落した樫の枝の間にまたたいていた。

二人の男が首を吊った枝はどのあたりだろうかと思った。夕食の時刻はとうに過ぎていた。ストーブのそばで居眠りをしている賄い女の姿を思った。

「死んだ者は一度、木の下で休ませるものだ」

頭の隅から声がした。リューシャに聞いた言葉だったか、何かで読んだのかわからなかった。私もいつかどこかの木の下に横たわるのだろうか。その夜、私はそんなことを庭先で考えていた。

数日前の朝、私は炭鉱事務所で上司に退職を申し出た。上司は驚いて、退職の理由を訊《き》いた。

「理由などありません」

「理由がないって？　そんな馬鹿な……」

経理の女が私の積立金を勘定している間、

――人が何かをするのに理由などあるものか。

と胸の中でつぶやいていた。

坂道を歩きながら、これからどこへ行くのかあてもなかったが、どこに行ってもさしてかわらないことだけは確信できた。

一匹の蠅《はえ》が飛んできて脇にかかえた袋の周りをうるさく舞った。私は蠅を手で払いながら、つい今しがた賄い女がこのランチ袋を渡した折の、彼女の表情を思い返した。ぼんやりとしたまなざしだった。彼女に何を言ってよいのかわからなかったし、何かを口にしたところで薄っぺらなものでしかないと思った。私は袋の中身を見ずに、黙って下宿屋を出た。

栈橋が見えはじめた時、背後で一番隊が坑内に入る報せのサイレンが鳴った。

羽

「あの骨壺《こつつぼ》の中には骨は入ってなかったらしいな、……妙な通夜だったな」

そう言って、泉井富雄《いずいとみお》は路地を覗《のぞ》きながら目当ての店を探していた。

ここら辺りなのは間違いないんだがな。通った酒場を忘れるようじゃ歳《とし》を取ったってことか……。泉井は濡《ぬ》れたコートの肩先を拭って笑った。霧雨《きりさめ》が降りはじめていた。

私たちはシャッターを閉じた商店の軒下に立った。泉井は煙草《タバコ》を銜《くわ》え火を点《つ》けるとゆっくりと煙りを吐き出した。流れ出した煙りが霧雨にまぎれて路地の闇に失《う》せた。

泉井は、探している店に須賀《すが》と何度か行ったことがあり、思い出話のひとつもできると思ったんだが、と話した後であきらめたように溜め息を零《こぼ》した。

たしかに千束《せんぞく》の自宅で行なわれた須賀美千男《みちお》の通夜は、奇妙な通夜であった。

私のもとに知り合いの警備会社の者から連絡がなければ、私も泉井も須賀の死を知らなかった。

須賀の腐乱死体が釧路《くしろ》の湿原で発見されたのは十日ほど前だった。詳しい状況はわからないが、その死体が須賀だと判明したのは、須賀の女房が東京から持って行った歯医者のレントゲン写真によってだという。他殺か自死かはまだわからないまま、遺体が検分中なのに家族は葬儀をすることにした。

ことのいきさつを私に報《しら》せてくれたのは警備会社の営業マンをしているSという男だった。三年前、須賀は私に、下の娘が前年嫁いで女房と二人きりになった家のセキュリティーをちゃんとしたいと相談してきた。警備会社に天下りした警察OBを思い出し、紹介されたのがSで、私は須賀とSを引き合わせた。須賀の自宅は二千坪を超える邸《やしき》で、女房の実家に彼が住みついていた。邸の警備がどれほどの規模の仕事かは知らないが、邸の警備が整った後、私は、その警察OBとS、そして須賀をまじえた四人で一夜宴席の招待を受けた。須賀とSは親しく話していた。

湿原で発見された腐乱死体が須賀ではという手がかりになったのは一個の鍵だった。私はその鍵を宴席で、須賀から見せられていたのでよく憶《おぼ》えていた。一見すると車の鍵のように見えるちいさな鍵だった。

「最近の警備会社のシステムってのはえらく進んでるもんだな。この鍵は鍵穴に差し込まなくていいんだと。ほら、ここをかざすとセンサーに反応して開くんだ」

自慢話などしない須賀が掌《てのひら》の中の鍵を指さして笑った。

須賀社長のこの鍵は世界でひとつしかないんです。だからどんな鍵師でも開錠できません。スイスのカバ社製で、スイスにある本社だけが鍵の仕組みをわかっているんです。とかたわらでSが説明した。

「少しオーバーだな……」

私が笑うと須賀も、そうなんだ、かなりオーバーな代物《しろもの》だろう、と連笑した。

その鍵が身元不明の男の腐乱死体の元に残っていた。警察からの問い合わせでSの会社が取り扱った鍵とわかり、照合の結果、鍵の持ち主が須賀だとわかった。Sがこの件を報せてきたのは須賀の女房が釧路に行き、死体が須賀だと判明した夕刻だった。

すぐにお報せしようかどうか迷ったのですが、はっきりしてからの方がいいと思いまして。須賀社長とはあれ以来親しくさせて頂いておりまして、ご一緒すると、よく河西《かわにし》さんの話が出てましたので……、とSは電話のむこうで遠慮がちに言った。

須賀の突然の死は私に少なからず動揺を与えた。

須賀と泉井、私の三人はほぼ同時期に四谷《よつや》にある繊維問屋に入社し、数年、共に働いていたことがあった。私が一番最初に退社をし、一年して須賀もアパレル会社に移った。

ふたつ歳下で東京出身の泉井と違って、私と須賀は同じ歳で互いに山口と青森という本州の端に故郷を持つ地方出身者であり、野球と水球の違いはあれ学生時代、体育会に所属していたことで二人とも何かと親しみを抱いた。

私は須賀の持つ孤独感のようなものに惹《ひ》かれた。須賀は他人と連《つる》むことをしない男だった。知り合った時は三十歳近かったが、プライベートな話は一切しなかったし、たまに二人で酒場へ出かけても何か話をするわけではなく、適度に酔い、頃合いよく別れた。時折見せる須賀の表情に、虚無に似たものが感じられた。かといって仕事に投げ遣《や》りなところはなく、須賀を見ていると何かに耐えているように思えた。私はたまに須賀を思い出すことがあった。そんな時、決って、彼の白い手があらわれた。女性のような細いしなやかな指だった。その白い手が須賀の哀《かな》しみを、わずかに主張している気がした。


目当ての店が見つからなかった。傾きかけた平屋の建物に数軒の酒場が入居していた。その中の一軒のバーに私たちは入った。

「須賀さんは何を考えているかわからないような不気味なところがあったものな」

カウンターで、泉井がそう洩《も》らした。

「そうでもないさ。あれで案外子供っぽいところもあった。おまえのように思ったことを口にできなかっただけだろう」

「嫌味かよ、河西さん」

と泉井は私を一瞥《いちべつ》し、自殺だとしたら婿養子が会社を倒産させたことだろうか、とか借金の返済で金融業者に追い込まれたのでは、とか勝手な推測を口にして、最後にぼそりと独り言のようにつぶやいた。

「本当に須賀さんは死んだんだろうか……」

私も泉井と同じことを考えた。須賀が死んだ姿が、私には想像がつかなかった。女房の実家が経営していた老舗《しにせ》のアパレル会社の社長に就いた須賀を泉井は羨ましく思っていた。私から見ても須賀は安泰な人生を摑《つか》んだふうに映った。しかし私には須賀が、そんな立場に立ったからといって有頂天になっているとは思えなかった。むしろ戸惑っている彼の表情が浮かんだ。だから会社の倒産くらいで須賀が自死するとは考えられなかった。

須賀の女房がどうしてそんなに急いで通夜、葬儀を済ませてしまおうとしているのかも理由がわからなかった。

――本当に、その死体は須賀だったのだろうか……。

私は胸の奥でつぶやき、空になったグラスをカウンターの隅で無愛想に煙草をくゆらせている中年女にむけて差し出した。

それにしても陰気な店だな、何か景気のいい音楽でもかけられないのか、酒癖のよくない泉井が店の女に毒づいた。

その時、店のドアがきしんだ音を立てて人影があらわれ、小柄な男が一人入ってきた。男は私たち二人の背後を通り抜け、カウンターの奥に座った。男が背後を通り過ぎる時、私の背中に冷たいものが走った。それは男が表から、店灯《みせあか》りの中に入ってきた時に一瞬見せた鋭い視線のせいだったかもしれなかった。私の嗅覚が男の持つ厄介な匂いに反応していた。

ウィスキーをくれ、男は雨に濡れて垂れ下がった前髪の下から相手を見据えるような目付きで低い声を出した。

どこかで見た顔のように思えた。いつどこで逢《あ》ったのか。何やら芝居がかったような態度は滑稽さもないではなかったが、立て続けに数杯のウィスキーを喉に流し込むような呑《の》み方は今時珍しいタイプの酒呑みだった。見覚えのある男の顔が気になり、カウンターの奥を覗いた時、男と目が合った。視線を逸《そ》らしたが、やはりどこかで逢っている。

——どこで逢ったのだろうか……。

私は手の中のグラスを揺らしながら、琥珀《こはく》の酒に今しがた見た男の顔を思い浮かべていた。

男の左瞼《ひだりまぶた》はものもらいができたように歪《いびつ》になっていた……。

冬の終りから春の初めにかけて東風《こち》が海辺の町に吹き抜ける頃、佐次岬《さじみさき》の突端にお化け火と呼ばれる炎のようなものが出没することがあった。その炎の出現は毎年のことではなく、そのうえ見える人には見え、見えない人にとっては陽炎《かげろう》のごとく正体のないものだった。

その年の旧正月のあとさき、夜陰にまぎれるように、或る集団が町に入ってきた。十数人の強靭《きょうじん》な体軀《たいく》をした男と、彼等に関《かかわ》る女、子供が吹きすさぶ風の中を新港から町に揚がってきた。彼等は、江戸期に廻船《かいせん》問屋が建ち並び、問屋口と呼ばれ栄えていた小港の廃《すた》れた倉庫街の一角に住みついた。

その冬、私は十二歳になり、ようやく近所の年長組に加えて貰《もら》えるようになった。大晦日《おおみそか》から元旦の夜明けにかけての水天宮《すいてんぐう》への詣《もうで》にも、山寺の道祖神に五穀を供える行列にも加われた。そんな行事だけではなく、少年たちだけで出かける佐次岬へのアブラメを捕る夜釣りにも参加することができた。それは子供から大人になった証《あか》しのようであり、歳下の子供が自分をまぶしそうに眺めている目を見て、どこか誇らしげでもあった。

閏《うるう》の年、二月の晦日の夜、汐《しお》加減がいいので私たちは佐次岬に夜釣りに出かけた。浜町《はまちよう》を出て入江にかかった橋を渡ると数名の子供が手にしたカンテラに火を点《とも》した。沖からの海風にあおられて、カンテラの灯りが揺れた。めいめいがカンテラをさげて岬にむかって歩いた。

丘ひとつ越えて問屋口にさしかかった時、いきなり大きな影が径《みち》の前方に立ちはだかった。皆は驚いて一瞬たじろいだが、相手が縕袍《どてら》を肩に羽織った男だとわかると、最年長の少年が前に一歩出て、

「われは何者《なんら》？」

とカンテラを突き出し胸を張って言った。男は返答しなかった。カンテラの灯りに浮かび上がった男は縕袍の下は褌《ふんどし》ひとつの裸であった。春が近いといってもまだ夜は手もかじかむほどの寒さだったが、男の身体からは湯気が出て、赤鬼のように映った。男は大きな目の玉で私たち一人一人の顔を舐《な》めるように見回し、

「こげん夜中にわれらがきがどこへ行くや」

と周囲の熊笹《くまざさ》が揺れ動くほどの大声を上げた。怒鳴りつけるような声に私たちは身体《からだ》を硬くした。それでも先頭に立った少年はひるまずに大声で、

「われこそどこの者なん、わしらはこれから佐次岬に釣りに行くとこじゃ、そこをどけ」

と言い返した。男は、

「釣りじゃと、こんながきどもが、ウッハッハハハ」

と黒い顎を空に突き出して笑い、ひとしきり笑い続けた後、また皆を見回した。

「何がおかしいんじゃ、このくそ爺《じじ》いが」

と少年が言い返したが、その声が吹き飛ぶほどの大声で男は、

「こげん汐の夜に岬へ出てみろ、われらがきが生きて戻れるわけがなかろうが、この大たわけめ、とっとと帰らんか」

と怒鳴りつけた。子供たちは顔を見合わせ、すごすごと引き揚げた。

その赤鬼が、問屋口に住みついた仕事衆で最初に逢った男だった。男が言ったとおり、その夜、佐次岬に釣りに出た大人が二人波に呑まれて死んだ。

三月になった或る日、一人の少年が私のクラスに転入してきた。ヤエという女児《おなご》

のような名前の小柄な少年は、見るからに反抗心の強そうな顔をしていた。そのうえ彼の左瞼は怪我《けが》でもしたのか、瘤《こぶ》が浮き上がり、開いた目のかたちが歪だった。皆に挨拶をするようにと言った教師を見上げた目がふてぶてしく映った。その容姿と態度には、地の少年たちが彼を他所者《よそもの》とみなすのに充分なものがあった。

　案の定、その日の昼休み、ヤエは少年たちに囲まれ、転校生への洗礼を受けることになった。私はヤエに特別な感情があったわけでも正義感が湧いたわけでもないが、ヤエを囲んだ同級生たちを少し離れた場所で見ていて、急に制裁行為に腹が立ち、彼等に近づきながら、いい加減にしてやれや、と声をかけた。私の声など相手にもせず少年たちはヤエにむかって行った。ところがそこで思わぬ光景を私は目にした。最初に殴りかかった腕っぷしに自信がある同級生がヤエに組みつこうとした瞬間、悲鳴を上げもんどり打って地面に倒れた。見ると同級生は鼻から血を噴き出し呻《うめ》いていた。ヤエは次にくる相手に身構えていた。彼の右手にメリケンサックのようなものが光っていた。その一撃で片は付いた。呻き声を上げた同級生の鼻は折れていた。

　二日後の休日の午後、浜町にある雑貨屋の前でリヤカーに荷を積もうとしているヤエに出逢った。その雑貨屋は新港に停泊する船舶が買い出しする専門の店で、ヤエは一人で荷台に縄や木箱を積み上げていた。声をかけると、ヤエは少し怪訝《けげん》そうな顔で私を見返し、口元に笑みを浮かべた。

精が出るの。問屋口まで運ぶんかよ、私が言うと、ヤエは鼻先を右手でこすり上着の袖をたくしあげた。

朝鮮戦争の後の好景気で新港に出入りする船舶の数が増え、港は新しい桟橋の建造がはじまっていた。問屋口に入ってきた仕事衆たちはその桟橋建造の基礎工事のためにに移り住んできた。水底を浚《さら》い、杭《くい》を何本も打ち込み、波の強い日も雨の日も男衆はずぶ濡れになって突貫工事を続けていた。少し見物しただけで、彼等の仕事がいかに危険かがわかった。その仕事衆の中に、あの夜、私たちを大声で怒鳴りつけた男もいた。彼等が時折、仲間内でかけ合う大声が何を話しているか、少年の私にはわからなかった。私は家に出入りする船員に彼等のことを訊《き》いた。あいつらはわしらとぜんぜん違う連中ですから、ボンはかかわらん方がええですわ。

――わしらと違う連中？

若衆の言葉の意味がわからなかった……。

リヤカーの荷の多さを見て、私が手伝おうとすると、ヤエは断わった。わしは何もすることがないんじゃ、私は勝手にリヤカーの後部を押し出した。荷は二人で押してやっとの重さだった。

問屋口に着くと、ヤエは荷を降ろした後、私に饅頭《まんじゆう》をくれた。甘味はなかったが美味だった。

「河西、言うたかの、今日は助かったわ」

石積みの古い堤防の上に私たちは腰を下ろし、饅頭を喰《く》った。夕餉《ゆうげ》の支度をしている女衆のそばで幼い子供たちが遊んでいた。廃屋から背丈が男ほどもありそうな女が一人、鶏を一羽手にしてあらわれヤエに何事か声をかけた。ヤエは、オウーッとだけ返答し、岬の沖に火のようなもんが見えるの？　と私に訊いた。私はお化け火のことをヤエに説明した。あの火に近づくと漁師でも戻ってこれんらしいわ、何や女が火のそばにおるって聞いたわ、そいつが漁師を誘うってよ、と言うと、ヤエは小馬鹿にしたように笑った。

けたたましい声に目をやると、先刻の女が手にした鶏の首根っこを摑んでばたつく胸を包丁で撫《な》でていた。そうして女は一気に鶏の喉元を裂いた。血の滴る地面にバケツが置かれ、赤い糸を引くような血が冬の陽射《ひざ》しに光っていた。女は鶏の頭を切り捨て、首のない鶏の足を束ねて持ち、片方の手で腹を絞るようにしてバケツの中に血を溜《た》めていった。同じ作業がくり返され、数羽の鶏が片付けられていった。

またな、ヤエは言って堤を飛び下り、女のかたわらに駆け寄ると捌《さば》き終えた鶏の羽をむしりはじめた。小刀を口に銜えて平然と羽をむしるヤエが、私には不気味に思えた。

その日から私は時折、問屋口に遊びに行くようになった。

ヤエは両親がいなかった。鶏を捌いていた女がヤエの親代りのようだった。その女は仕事衆の長《おさ》らしき男の女で、声も野太く男衆と比べてもその体軀は見劣りがしなかった。

梅雨に入った七月、私はヤエに、ポン刀を使《つこ》うたことがあるか、と訊かれた。いやない、と私が首を横に振ると、教えたろうか、とヤエは私の顔を悪戯《いたずら》そうな目で覗き込んだ。

ヤエは二本のポン刀を持ってきて一本を私に渡し、刃を砥石《といし》で研ぐことから教えてくれた。雨足が強くなりはじめ、トタン屋根を打ち鳴らす雨音とキュキュと生きもののように声を上げる刃先の音とが重なり、少しずつ鋭く光り出す刃の光沢に私は緊張した。

刃を研ぎ終えると、ヤエは隣りの倉庫に私を連れて行き、隅に積み上げた土嚢《どのう》の前に立ち、柄の持ち方を示した。私はヤエと同じように両手で柄を握った。

「左手がそれじゃ、突いた時に手が滑って指が飛ぶ、もっとしっかり握らんと……」

「こうか？」

「いや、もっと強く掌で絞らんと。そう、それでええ」

ヤエはうなずき、ゆっくりと土嚢の方にむき直り、腰を低くして両手で握りしめた刀を右脇のあたりに固定し、ちいさな身体を右肩からぶつけるように土嚢にぶつかっていった。ヤエが土嚢から離れると、シュッと音がして刀を抜いた土嚢から白い砂が地面に噴き出した。

「やってみろや」

私はヤエがしたように腰を落し、刀を右脇で握りしめ右肩から土嚢にぶつかった。しかし私の刀は土嚢に上手《うま》く刺さらず手元からぽとりと落ちた。ヤエが駆け寄ってきて、

「大丈夫やったかや」

と私の掌に触れた。熱い手だった。ヤエは私を土嚢のすぐ前に立たせ、ゆっくりと刀を刺し込む手順を教えてくれた。土嚢に刃先が入りはじめると、妙な快感が湧いてきた。少しずつ土嚢との距離をひろげた。地面を蹴る音と刃の刺し込む音、そして砂の噴き出す音を周囲に響く雨音がつつんでいた……。

何とか恰好《かっこう》がつきはじめた頃、表の引き戸が開いて人影があらわれた。ヤエは咄《と》嗟《さ》に刀をうしろに隠した。

「ヘッヘヘヘ、ヤエ、わかっとるって。鍵穴から見とったからよ」

声の主はタツと呼ばれる男衆の中でも人なつっこい若衆で、よくあの女に怒鳴られている男だった。

「誰にも言いやせんて。けんど、おまえらの刺し方じゃ、生殺しじゃて……」

タツは言って、ヤエに手を差し出した。ヤエがタツに刀を渡した。

「見とれや」

タツは低い声で言い、土嚢にむき直り、いきなり飛ぶようにぶつかり、そこで背中と尻を何度か突き上げるようにした。タツが土嚢から離れると夥《おびただ》しい量の砂が音を立てて地面に零れ出した。刃を刺し込んだ土嚢の口がVの字に裂けていた。

「えぐらにゃ、相手は半殺しよ。半殺しの相手は必ずおまえを殺《や》りよる。えぐらにゃの」

そう言ってタツは刀をヤエの足元に放《ほう》って雨の中に消えて行った。ヤエが口惜《くや》しそうに舌打ちをした音がかすかに聞こえた。

半年が過ぎて、冬を迎えた師走の岬の沖合いに、その冬のお化け火が出た。

年の瀬も押し迫った夕暮れ、私はヤエと二人で岬にお化け火を見に行った。風の強い日だった。私たちは陽が沈むのを岩の上に座って眺め、お化け火が出るのを待った。

「見える者と見えん者がおるいうが、なしてじゃろうか……」

ヤエがぽつりと言った。

前からヤエはお化け火に興味を持っていた。お化け火のそばにいる女をヤエは見たと言っていた。そうなんか、とだけ返答しておいたが、私はヤエにはその女が見えるのだろうと思った。何度かアブラメ釣りに行った夜も私には炎は見えたが、女の姿など見えなかった。

冬の星がまたたき出すと、沖合いの一点が海底から灯りをかざしたように白く光り、ゆっくりとお化け火があらわれた。かたわらでヤエが唾を呑み込む音がした。ヤエの目は異様にかがやき、左瞼の瘤がひくひくと痙攣《けいれん》したように動いていた。

「おうっ、あいつが出よった。ほれ、炎の右手じゃ、羽、羽があるぞ、あの女」

ヤエが叫んだ。私は目を凝らしたが、羽どころか女の姿も見えなかった。ヤエは立ち上がり、両手を握りしめてお化け火を見つめていた。岬からの帰りにヤエは真剣な声で言った。

「わしはあの女を見てくるぞ」

やめとけや、戻れんようになるぞ。私が言っても、ヤエの耳には聞こえていないふうだった。

年が明けて松の内の三日、私は問屋口へヤエに逢いに出かけた。どこにもヤエの姿はなかった。タツにヤエはどこに行ったのかと訊くと、あいつは元旦に一人で沖へ出て死によったわ、と可笑《おか》しそうに言った。私は驚いて、親代りの大女の所に行き、ヤエの行方を尋ねた。女はそっ気なく言った。

「あれは前からここを出たいと言うとったから、年が明けたのを機に出よったんやろうね」

「タツさんはお化け火を見に行って死んだと言うとったけど」

私が言うと、女は大きな腹をかかえて笑い出した。

「そんなでヤエが死ぬものか。どこぞに出て行っただけよ。男は皆そういうもんよ」

女はそう言って、裏手から長の男の怒鳴り声がすると私の肩を押しのけるようにして廃屋の中に消えた。

私はただ立ちつくしていた。

泉井は酔いつぶれてカウンターにうつぶせていた。

カウンターの中の女は壁に背を凭《もた》せかけて煙草をくゆらせている。先刻、入ってきた男は飲むペースをゆるめてグラスを握ったまま何かもの思いに耽《ふけ》っていた。前髪を上げると、男はヤエとはまったく別の顔をしていた。半開きになったままのドアから本降りとなった雨音だけが忍び込み、耳の底に執拗《しつよう》に響いていた。

雨垂れの中に砂の零れる音がかすかに聞こえ、若衆の嘲笑が重なった。吸いかけの煙草に手を伸ばそうとした時、私の指に白い手のようなものが被《かぶ》さってきた。それは少年の手のようでもあるし、女性の手にも思えた。ほのかな湿度を感じた時、その手はゆっくりと宙に浮き上がり、小鳥の羽のように闇に失せた。

聖人・ペネ

その酔い泥《ど》れが、どうも聖人らしい、という噂《うわさ》がバルセロナの町中で囁《ささや》かれるようになったのは、春の初めのことだった。

最初に、その噂を口にしたのが同じ路上生活者の酔い泥れで、札つきの騙《かた》り者だったから話を取り合う人もなかった。

「あいつは奇蹟《きせき》をやってのける。それもそこいらにある奇蹟じゃない。俺はこの目で見たんだ。公園の草叢《くさむら》で死んでいた鳩《はと》を、あいつは両手でつつんでやり空に飛ばして帰してやったのさ。それだけじゃねぇ。市場に打ち捨てられていた干からびた小魚を、あいつが指でつまんだら、たちまちピチピチと動き出してピョーンと海に飛び込んで行ったんだ。それも一匹や二匹じゃない。まるで魚の群れをこしらえるみたいによ。あいつはただ者じゃない。俺の見たとこじゃ、正体は聖人だ」

この男が生来の嘘《うそ》つきで、初中後《しよつちゆう》、戯言《たわごと》を口にする酔っ払いでなかったら、酔い泥れ老人、ペネの聖人の噂はもっと信憑性《しんぴようせい》を持っていただろう。

次に噂を立てたのはフランサ駅の街頭で新聞売りをしている少年だった。

「あの爺《じい》さんが夜明け前にモンジュイックの丘のロープウェイのワイヤーを歩いていたんだ。丘の方からワイヤーの上を何かが動いてきたんだ。おいら、鳥かなんかかと思って見ていたら、人だったんだ。すたすたと坂道を歩いてくるみたいに丘の方から降りてきて、昇降口の屋根にピョンと乗り移ったんだよ」

この少年がまた不良仲間からオオカミ少年と仇名《あだな》がつけられているほどの嘘つきだったから、少年の話に耳を傾ける大人はいなかった。

騙り者の酔っ払いとオオカミ少年の戯言ということで聖人の噂は途絶え、冬が終った。

ところが地中海の色が青味を増しはじめる春を迎えた或《と》る朝、旧港の桟橋でちょっとした騒ぎがあった。

夜漁を終え、市場に魚を揚げた漁船の一隻が桟橋に船を繫留《けいりゅう》しようとした時、二隻の中型の運搬船の間にはさまれ押し潰されそうになる事故が起きた。片方の運搬船の舵《かじ》がおかしくなり、漁船はもう一隻の運搬船とともに桟橋の岸壁に押しやられ、潰されそうになった。船の中にいた親子の漁夫は操舵室《そうだしつ》に閉じ込められたまま身動きができなくなった。周囲にいた漁夫たちが大声を上げて運搬船に指示をするのだが、運搬船は狂ったようなエンジン音を立てて漁船を潰していった。怒声と悲鳴が聞こえた。

その時、一人の男が桟橋から揺れ動く漁船のロープの上を軽やかに渡って、へしゃげた漁船の舳先《へさき》に立ち、唸《うな》りを上げていた運搬船を片手でヒョオイと押し出した。百噸《トン》からある運搬船が海面を滑るように離れて行った。

但し、その男が取った行動を見ていたのは潰されかけた漁夫親子の、伜《せがれ》の娘だけだった。

怒声を上げていた漁夫たちも、青ざめていた運搬船の船員も、操舵室に閉じ込められて神に祈るしかなかった親子も、どこからか老人があらわれ、揺れるロープを巧みに渡り、傾いた舳先に立って片手で百噸の船を押し出したという行動を目にしていなかった。仮に目にしたとしても信じ難い光景を彼等は理解できなかったろう。ロープを渡ったこと、舳先に立ったことはあり得たとしても、老いぼれた小男が片手で百噸の船を動かしたことを信じられるはずはない。

それでも少女が見ていたのである。

評判の親孝行な娘で、しかも信心深い少女だった。彼女は漁を終えて帰ってきた父親と祖父を迎えに桟橋に行くのが日課だった。少女は父親と祖父のためにエプロンのポケットの中にふたつの小瓶を入れていた。ひとつの瓶には父親のための命の水が入っており、もうひとつの瓶には祖父のために飛びっきり強いナシ酒が入っていた。陸に揚がった二人の漁夫は、それを喉を鳴らして飲むのだった。

少女はおそろしい事故を目の当《ま》たりにして震え上がった。しかし彼女は恐怖の只中《ただなか》で両手を合わせて祈ったのである。

——主よ、父さんとお祖父《じい》さんをお助け下さい。今すぐ救いの手を下さいませ。

少女が囁いたのか叫んだのかは定かではないが、彼女が懸命に祈っている最中、目の前に男はあらわれ、父親と祖父を救ったのである。少女にとってはまぎれもない真実がそこにあり、男の、正確には老人であったが、その顔も、瞳《ひとみ》も、微笑までもはっきりその目で見たのだった。

百噸の船を押しのけた老人はロープの上を軽やかに戻ってきて桟橋にすっくと立ったのである。

すかさず少女は救世主に跪《ひざまず》き、こころから礼を言った。そうして何か捧《ささ》げるものはないかと考え、咄嗟《とっさ》にエプロンの中に仕舞っておいたふたつの小瓶を差し出した。老人は何の躊躇《ためら》いもなく祖父の小瓶を取り、ナシ酒を一気に呑《の》み干し、舌なめずりをして少女に笑いかけた。

周囲の漁夫たちは、漁船を桟橋に寄せ、すんでのところで命拾いをした二人を助け上げるのに夢中で、よろよろと桟橋を出て行く老人の姿など目に入らなかった。少女が見ていた。お礼のナシ酒を捧げた。救世主は酒を呑み干し満足そうに笑われた。それで充分だった。

少女は騙り者の酔っ払いでも、オオカミ少年でもなかった。それが噂のはじまりであった。少女は見たことを母親に告げた。母親は驚き、家の粗末な礼拝棚に両手を合わせ、娘が救世主に捧げものの酒を差し出したことを誉《ほ》めた。

母親は市場の露天で魚を売っていた。

翌日、桟橋での災難は知れ渡っていたから彼女のもとに大勢の市場の女がやってきて、夫と父が無事であったことを喜び合った。敬虔《けいけん》なカソリック信者であった母親は娘が見たことを女たちに話した。

「奇蹟が起きたのね。聖人がいらっしゃったのね」

たちまち〝桟橋の奇蹟〟は市場中にひろまった。

こんな話を大人の女が信じるはずがないと思われるかもしれないが、それがスペインなのである。

スペインは中世からヨーロッパでバチカンに対して〝西のカソリック王国〟と呼

ばれてきた。カソリック信仰が盛んな国である。長く続いたイスラム世界の支配をレコンキスタで奪い返して以来、カソリックはスペイン人の生きる支柱であった。すべてのことは主のなせることだと考える人たちである。

北スペインの海岸に辿《たど》り着いた聖ヤコブの遺棺を九世紀の初めに羊飼いたちが発見して以来、スペインの地に戻ったヤコブへの信仰が国土の道という道を繋《つな》ぎ〝巡礼の道〟となって、現在も続いている。

ヤコブの遺棺が戻ってきた奇蹟に代表されるようにスペインのあらゆる場所で無数の奇蹟が誕生し、信じられた。スペインでは奇蹟は日常だった。

この数多《あまた》ある奇蹟を支えたのはスペインの女たちだった。スペインのカソリック信仰の特徴にマリア信仰がある。イエスが主であることはかわらないが、スペインの女たちはイエスを産んだマリアを特別に崇《あが》めた。マリア信仰は数多くの聖人と聖女を誕生させた。

この女たちがいったん信じるに値するものに目をむけると、そこに奇蹟が起こっても何の不思議もない国なのである。

どうやらこの町に聖人がいるらしい、と女たちの間でまことしやかに囁かれはじめ、聖人探しがあちこちではじまった。

「聖人はかなり御歳《おとし》を召されているらしい……」

「聖人はみすぼらしい身なりをなさっている」

「聖人はお酒が好きらしい……」

「聖人は美しい瞳をされている」

しかしみすぼらしい風体の、酒好きの老人はこの町には大勢いた。もしやこの老人が、と観察してもたいがいはただの酔い泥れ老人でしかなかった。その噂を逆手に取って、一夜の食事と酒を相伴にあずかろうとする路上生活者もいた。しかし女たちを納得させる酔い泥れ老人はいなかった。

〝桟橋の奇蹟〟の話が忘れ去られようとしていた或る日の夕暮れ、バルセロナの船乗りたちの守護神が祀《まつ》られてあるサンタ・マリア・デル・マル教会の鐘塔《しようとう》に住む鐘守の男が、塔の上から一人の男の奇妙な行動を目にした。

男は海岸をよろよろと歩いていた。夕暮れの波打ち際を酔っ払いの男が歩くのはさして珍しい光景ではなかったが、その男がうろつく沖合いで、ロープが外れてしまったのか一隻のボートが波間に木の葉のように揺れているのを鐘守は目に留めた。遠目が利く鐘守はそのボートの中に一人の少年がしがみついているのを見つけた。

おそらく浜辺に繋留してあったボートで悪戯《いたずら》しているうちに沖に流されたのだろう。

「大変だ。大変だ。子供がボートで流されているぞ」

高い鐘塔の上から下にむかって鐘守は叫んだが、教会の下は夕刻の散策で賑《にぎ》わっており、人々のざわめきで、その声は掻《か》き消された。

鐘守は機転をきかせて、鐘を激しく打ち鳴らした。いつもと違う鐘の音に人々は鐘塔を見上げた。しかし人々はただ物珍しげに鐘を見上げるばかりだった。

その時、鐘守は先刻から波打ち際をよろよろと歩いていた男が、ボートに気付いたのか、じっと立ち止まって沖合いを見ているのを目にした。そうして男は急に海にむかって歩き出した。

鐘守は目を見開いた。

男は海の上を平然と歩いていた。波に呑み込まれるでもなく、男はボートにむかって一直線に海面を歩いて行く。

鐘守は鐘を鳴らすのをやめ、何度も頭を振って目をしばたたかせ、その行動を見ていた。男はボートに近づくと船底にしがみついているはずの少年を覗《のぞ》き込み、何事か声をかけ、舳先のロープをたぐり寄せ、ロバでも曳《ひ》くかのようにボートを曳いて浜にむかって歩き出した。

鐘守はただ口をあんぐりと開けたまま海の上をボートを曳いて歩いてくる男を見ていた。

「聖人さまだ……」

鐘守は震える声で言い、鐘のかたわらに跪《ひざまず》き両手を合わせた。

やがてボートは浜に揚げられ、少年は跳ねるようにして砂の上に飛び降りた。左方から少年の母親らしき女が駆けてきて少年を抱き上げた。男はよろよろと反対方向に歩いていた。

男にむかってもう一度祈りを捧げた鐘守の背後で怒鳴り声がした。

「なんという鐘を打ったのだ。おまえはこの教会を、神を冒瀆《ぼうとく》するのか」

鐘守は怒り狂う神父にむかって言った。

「たった今、聖人さまを見ました」


鐘守は彼が見た一部始終をバル（一杯酒場）で話した。

その話を聞いていた娼婦《しょうふ》の一人が、海を歩いた聖人の話を船乗りの客にした。船乗りは翌朝、その話を下宿屋の女将《おかみ》にした。女将は聖人の話を市場の女に話した。

たちまち噂は市場中にひろまり、聖人はやはりこの町にいらっしゃるのだ、と女たちはあらためて思った。


ペネは夢を見ていた。

それは彼がまだ若く、未来というものに希望を抱き、人生の前途がかがやいていた時代の夢だった。

女が一人笑いながら彼にむかって駆け寄っていた。黒い髪が風に揺れ、豊かな乳房が近づくたびに弾んでいた。美しい緑の瞳がペネを真《ま》っ直《す》ぐに見つめていた。その瞳は、私はあなただけのものよ。どんなことがあっても離れないわ、と語っていた。

ほどなく彼女が近づけば、彼は両手をひろげて彼女を迎え、抱擁し、空高くかかえあげてやるのだ。彼女は笑い出し、両手を翼のようにして言うのだ。

「このまま大空を飛べそうだわ。あなたとなら空を飛べると思う」

ところがペネの腕の中に飛び込む寸前で、彼女の姿は失《う》せてしまった。

ペネは彼女の名前を呼び続け、夢の中で戸惑い、うろたえる。そうしてぼんやり目を開ける。目の前には誰もいない。もう何十年も続いている夢のあとさきである。

その夢を見はじめてから一度たりとも彼女はペネの胸に飛び込んでくれてはいない。なのにこの夢を見る度にペネはときめき、今もなお彼女を慕《した》っていることを喜ぶ。喜びはすぐに戸惑いにかわり、うろたえ、失望する。

夢とはいえ、ひどい仕打ちではないか。しかしペネはこの夢をひどい仕打ちとは思わない。彼女がまだ自分の夢にあらわれてくれるだけでしあわせなのだ。

――私にはもったいないほどの主のご加護だ。

ペネは夢から覚めると、ぼんやりとした目で主に感謝する。

その夕暮れもペネは同じ夢を見てときめき、うろたえ、揺れるように目覚め、祈りの言葉を口にしていたが、ぼんやりとした視界の中に誰かがいた。誰だろうか、と目をしっかりと開いた瞬間、ペネは、

「ヒエッー」

と叫び声を上げた。

彼女が立っていたのだ。それも胸の前に、二人の愛の証《あか》しである一輪の野バラを持ち、微笑《ほほえ》んでいるではないか。

「ワッ、ワワワワワ」

ペネはあわてふためき、よつん這《ば》いのまま公園の中を駆け回り、ミロの彫刻の陰

に隠れ、目を閉じて両手を合わせた。

「ゆ、ゆ、許しておくれ。こんなところをまだうろついていて。そろそろ帰らなくてはと思っていたんだ。許しておくれ」

ペネは額を陶板にこすりつけて、あらわれた亡霊にむかって拝んだ。

「ずっとあなたを探していました」

澄んだ彼女の声がした。

「そ、そ、そうだろうとも。そうだろうとも。私も早く帰らなくてはと思っていた。明日は、明日はと思っているうちにこんなに歳月が過ぎてしまった。許しておくれ」

ペネは頭《こうべ》を垂れたまま肩を震わせて言った。

「どうしたのですか、大丈夫ですか」

声の様子がどこか違うのに気付いて、ペネは顔をゆっくりと上げた。

少女が一人、ペネを覗き込んでいた。

おまえさんは誰だ？　ペネは少女の顔をまじまじと見た。最愛の人にどこか面影は似ているが、まだ年端もいかない少女である。ペネは胸を撫《な》で下ろした。

「大丈夫ですか？」

少女の手に赤い野バラがあった。

「大丈夫だ。綺麗《きれい》な野バラだね。どこで摘んできたのかね」

「モンジュイックの丘で、今朝、摘んできました。あなたに捧げようと思って……」

「わしに？」

「はい。聖人さま」

――聖人？　この子は少し頭がおかしいのか。

ペネは野バラを少女から受け取り、その花の香りをかぎながら見覚えのない少女が自分に花をくれた真意を探ろうとした。少女は嬉《うれ》しそうに微笑みながら、野バラがお好きなのですね、と言った。う、うん、とペネは曖昧《あいまい》にうなずいた。すると少女はエプロンのポケットから小瓶を出し、それを差し出した。美味《うま》そうなナシ酒の匂いがした。

「こ、これもわしにくれるのか」

少女がこくりとうなずいた。ペネはナシ酒の入った小瓶を受け取り、喉を鳴らして一気に呑み干した。そうして舌なめずりをして満足そうに笑った。それを見て少女も笑った。

「上等なナシ酒だな。こういうのを毎日やれたら……天国じゃ」

「天国はどんなところなのですか」

「…………」

ペネは何も言わずに可哀相《かわいそう》な少女の頭をやさしく撫でてやった。


訳がわからなかったが少女に手を引かれ彼女の家に連れて行かれた。

坂道のてっぺんにある家からあらわれた母親はペネを見た途端、足元に跪いて涙を流した。酒が運ばれ美味《おい》しい料理が出た。目の前に出た酒と料理をペネは次から次に平らげた。

「お腹《なか》が空《す》いてらしたのですね。聖人さまは人助けでお忙しくて食事をする時間もないのでしょうね」

少女だけでなく母親も意味不明なことを口にするのを聞いて、ペネは可哀相な母子の頭を撫でてやった。母子は神妙な顔でペネに両手を合わせた。

母親が表に出て何事かを大声で言った。

すぐにどかどかと女たちがあらわれた。女たちはペネを見て驚きの声を上げ、足元に跪いて泣き出した。この女たちはよほど辛《つら》い目に遭っているのだろうとペネは女たち一人一人の頭を撫でてやった。家の中は女たちであふれかえっていた。

ペネは大勢の女たちに囲まれ、彼女たちが家から持ってくる酒とご馳走《ちそう》を平らげていった。

女たちはペネが次から次に酒と料理を平らげるのを真剣なまなざしで見つめていた。

亭主が漁から戻ってまいりましたらもう十年不自由にしている足を治して欲しい、とか、北へ行ったきり戻ってこない息子が不幸な目に遭わぬようにして貰《もら》いたいなどと口にする者がいた。ペネはその度にこくりとうなずき、女の頭を撫でてやった。表が騒々しくなっていた。

ペネは小便に行きたくなり、裏木戸から外に出た。そこでペネは驚きのあまり立ち止まった。少女の家のある坂のてっぺんにむかって無数の女たちが並んでいた。ペネの姿を見つけた女の一人が声を出すと、ウオーッと地響きに似た歓声が上がった。ペネは彼女たちから隠れるようにして反対側の草叢に立ち、そこで小便をはじめた。するとまたウオーッと声がした。見ると反対の坂下からも人の群れがあふれ、ペネが小便をしているのを眺めていた。ペネは少し怖くなった。家に入ると、また新しい女たちが待ち受けていた。

どこに行っても群衆がペネの周りを囲んだ。

ペネに頭を撫でられた盲《めしい》の少年が目が見えるようになったとか、瀕死《ひんし》の老人の手を握っただけで元気になったとか、ペネの奇蹟はバルセロナ中にひろがり、遠くマドリード、マラガからペネを一目見たいとやってくる者があとを絶たなかった。

たしかに酒と食事には困らなくなったが、ペネは自分がどうなっているのか訳がわからなくなっていた。何千人という人に声をかけられ、くたくたになって倒れるように眠った。ペネは不安だった。このまま自分が過労で死んでしまう気がした。何より彼女の夢を見ることができないのが怖かった。

或る夜半、意を決してペネは路上生活者が住むモンジュイックの丘の西手にある墓地に行ってみた。皆酔っ払って寝ていた。

新顔の少年が木偶《でく》の人形を胸に抱いて眠っていた。十字架を手にしたその人形の顔が誰かに似ていた。

――ここなら彼女の夢も見られるだろう。

眠ったはずなのに彼女はいっこうに夢の中にあらわれなかった。ペネは目覚めて失望した。何か悪いことをしただろうか。いとおしい妻と子供を置き去りにして旅に出たことがいけなかったのだろうか。

——しあわせが怖かったのだ。安住していると不安でしかたなくなってしまう。

そんな気持ちを妻に打ち明けられるはずはなかった。他にやりようがなかった。

かたわらで呻《うめ》き声がした。顔見知りの酔い泥れが胸元を掻きむしりながら、ペネの顔を見て言った。青ざめた顔は死人のようだった。

「苦しくて死んでしまいそうだ。あの小魚みたいに俺を生き返らせてくれ」

相手の言葉の意味はわからなかったが、ペネはこの騙り者をそっと抱擁し、頭を撫でた。

苦しがっていた男が背筋を伸ばしてペネを見返した。

「おまえナシ酒を呑んだな」

「えっ？」

「この野郎、自分だけいい目をみやがって」

怒鳴り声を上げた男をペネは怯《おび》えながら見ていた。

魔術師・ガラ

サンディエゴのダウンタウンを805号線で南にむかって二十分も車で走るとスイートウォーター河に出る。その手前のインターチェンジで降りて少し西へ進むと、それまでの閑静な住宅地が失《う》せて、低いマッチ箱のような家々が並ぶ一帯に入る。

やがてバーが数軒集まったモールがあり、右隅に切れかかったネオン管が点滅する〝エル・ドラド〟という名前のバーがある。他の店の前には流行のRV車やワゴン車、チョッパーの二輪車が賑《にぎ》やかに駐車しているが、〝エル・ドラド〟の前には錆《さ》びた鉄のかたまりとしか見えない塗装の剝《は》げたトラックや、まだ走っていたのかというF社やG社の70年、80年型の車がとまっている。その中に一台だけ日本製のT社の99年型のワゴンがあった。五年前のタイプだが充分にリッチな車だった。

店のドアを開けると80年代に流行したヒスパニック系の歌手の曲が少しノイズ混じりに聴こえてくる。そこまではメキシコ国境のどこにでもある安いバーとかわりないが、店の中を見回すと、ここにいる客に一人として二十代、三十代、いや四十代の者がいないことに気付く。その上、客は皆酔い泥《ど》れている。暴れたり大声を出したりする客はいない。でもそれは彼等にそうする体力が失せているだけで、ほとんどの客はしこたま呑《の》んで酔っているのだ。

老人専用の病院にバーがあったらこんな感じだろうって？　数年前にそれと同じ科白《せりふ》をメキシコ国境に抗癌剤《こうがんざい》を買い入れに行く途中の男が、店に入るなり口にした。南部訛《なま》りのある大柄な男で、見ず知らずの酒場で思ったことをすぐ口にしても生きてこられた体力と度胸が備わっていたことを充分に感じさせる風貌《ふうぼう》だった。酒も強かった。テンガロンハットを指で少しあみだに押し上げ、ウォッカをストレートで喉の奥に撒《ま》くように流し込み、一杯呑むたびに老人たちのしけた顔をからかい、ご丁寧に客一人一人を指さして、死んだらどこに行くのか、仔牛《こうし》とやった夢は見たことがあるか、というカウボーイジョークを言っては腹をかかえて笑っていた。しかし客の半分は英語がわからず、ましてやネバダがどこにあるかを知らない者もいたから、男が何を面白がっているのか理解できていなかった。その男は失敗をしでかしていた。相手を指さした後でほんの一杯の安酒でいいから彼等におごっていてやればよかったのだ。

〝エル・ドラド〟の客たちは歳《とし》は少し取っていたが誰一人くたばってなぞいなかったし、夢を捨てている者もいなかった。かつて国境を一日で三往復した体力はされがにないが、まだ警備隊の目を逃れて丘や谷を越える片道の体力は残していたし、仔牛とやらなくても女があらわれれば押し倒してことを済ませる一回きりの精力もあった。

おまえ等はしあわせだぜ。昔の夢だけを昼夜見て過ごせばいいんだからよ、男がそう言ってカウンターにボトル二本分の金を置き、入口にむかってふらつく足取りで歩きはじめた時、酔いのせいか彼はテーブルの脚につまずいて転んでしまった。おっ、若いの大丈夫か、少し酔いなすったようだな、そう声がかかるのが田舎のルートロード沿いにある酒場というものだが、メキシコ国境は違っていた。男は頭を打ったらしく二度、三度頭を振り、床に落ちたハットを拾って立ち上がった。そうして数歩進むと、今度はその先の柱の根元に足を引っかけもんどり打って倒れた。

実はテーブルの脚も柱の根元も床に伸びてはいなかった。それは他所者《よそもの》の話を黙って聞いていた老人の誰かが男の足元に足先を伸ばしたからだった。男が倒れて動かないのを確認すると、老人たちはカウンターからテーブルから男に歩み寄り、代る代る男を蹴ったり踏んだりして、最後にジュークボックスの脇の小椅子でうたた寝していた小柄な老人が椅子を手に近づいて、男の顔面に思いっ切りその椅子を振り下ろした。やがて誰かの孫らしきメキシカンの若者が二人やってきて男の足を持ち、巨体を床に引きずりながら外に連れ出した。すぐにエンジン音が遠のくと、店は男があらわれる前と同じ姿に戻り、皆黙って酒を呑みはじめた。

翌朝、男は素っ裸でスィートウォーターの河岸の草叢《くさむら》で目覚め、堤を上がると自分の車がエンジンからタイヤまで見事に奪われて駐車しているのを目にした。

妙な話からはじめてしまった。店と店の客の説明でこんなに喋《しゃべ》ってしまっては果てのない長編小説になってしまう。

今回の話は、自分が置かれた状況がわからずに丸裸になる男の話ではなく、それとは逆の、置かれた状況がわかりすぎているがために、この夏の間中眠れぬ夜を過ごしている男の話だ。

〝エル・ドラド〟のカウンターの左端のコーナーは上等の酒をやる客が陣取る。入口から遠いのは、昔、よく強盗が飛び込んでくることがあり、すぐに身を隠せる利点があった。レジも近くて、そばの棚には上等の酒が並んでいるし、葉巻の入った箱もあった。おまけにカウンターの床には護身用のショットガンがたてかけてある。

今夜、そのカウンターの左端に一人の老人が腰を下ろしていた。

どこか知らぬゴルフクラブの古いキャップを被《かぶ》って、濃紺のジャンパーを着ていた。

顔は見るからにヒスパニックである。ウィスキーの入ったグラスを持つ手の甲に浮かぶシミからすると六十歳は超えている。いや七十歳も過ぎているかも。ただ首から肩にかけては肉体労働者特有のそげ落ちることのない筋肉が盛り上がっていた。この男が店の前のワゴン車の持ち主であり、今回の話の主人公なのである。

男は口にふくんだばかりのウィスキーを舌の底で回しながらモルトの苦みを味わっていた。

この店の酒の味は申し分なかった。男は何かを思い出したように眉間《みけん》にシワを寄せた。今日の午後、ホテルでのランチの席であの若造がさりげなく零《こぼ》した言葉が耳の奥からよみがえった。

「監督、いつまであのロートルたちを使うつもりなんですか。今のあなたなら何をやっても文句を言う人はいませんよ。勿論《もちろん》、オーナーも……」

――今のあなたなら何をやっても、だと？

男がその若造をどやしたり、細くて白い首根っ子を吊《つ》り上げてテーブルの上で締め上げなかったのは、男の理性が感情を抑えたためではなかった。自分が怒る価値が相手にないと思ったからだ。シーズンの後半戦がはじまる夕刻のロッカールームにその若造はいきなりやってきて男に言ったのだった。

「やあディリー、ぼくはジョンだ。今日からチームのゼネラルマネージャーをやることになった。何か要望があったらぼくに言ってくれ。オーナーからもあなたの考えがチームで最優先すると言われているんだ。ぼくの父親はあなたのファンだし、ぼくは父親を尊敬している。きっとぼくらは上手《うま》くやっていけると思うよ」

その時、男はその夜のゲームの先発ピッチャーと後半戦のやり方と今夜のゲームについて話し合っていたところだった。そのピッチャーはすでに四十歳を過ぎていたが、彼がまだ充分に後半戦の先発ローテーションの中で戦い切れると男は信じていたし、子供を連れて家を出たピッチャーの女房ともオールスター戦の休暇に電話で話をしていた。

メキシコ訛りのたいした英語で女房は言った。

「ディリー、あなたが願っていることはよくわかったわ。でもね、あの色情狂が私の可愛《かわい》い息子の父親でなかったら、私は開幕戦の朝、あの男をピストルで撃っていたわ。ディリー、あなたとチームのために撃たなかったんじゃないの。息子を片親にした上に犯罪者の子にしたくなかっただけなの。それをはっきりあの能ナシに伝えて」

そんな話を先発ピッチャーに正直に話せる監督がいたら、そいつはたぶん天才だ。

その夜、先発ピッチャーは興奮していた。

「ディリー、俺は休みの間、朝、昼、晩ずっと電話をかけ続けたんだ。ずっと話し中なんだ。一日中電話で話ができる女が世の中にいると思うかい。嫌がらせなんだ。あの女、生かしておくもんか」

「いいからマルチネス、私の話を聞くんだ。ナタリーは帰るタイミングを見てるんだ。君がいいピッチングをして、昔のようにマウンドの上でヒーローになれば、きっと戻ってくる。嫌がらせだって？　……そうじゃない。いいから黙って聞け。今夜は五回まで絶対に怒るんじゃない。ファンの野次にも、アンパイヤーの判定にも、味方のミスにもだ。そうすれば君の時間がやってくる。チームは今夜から一ゲームだって落すわけにはいかないんだ。それはわかっているよな？」

その時、あの若造が二人の間にあらわれて話しはじめた。先発ピッチャーが若造に言った。

「静かにしろ。俺は今監督と大事な話をしてるんだ。おまえ誰だ？　どこから入ってきた。おい、訳のわからん奴《やつ》がロッカールームにいるぞ」

「マルチネス、ぼくは変な人間じゃない。このチームのゼネラルマネージャーなんだ。後半戦のはじまりだ。まだ充分にチャンスはある。マルチネス、クールにね。ディリー、ゲームの後でゆっくり話し合おう。待っているよ」

男もピッチャーも用具係としか見えない若造が立ち去るのを口を半開きにして見ていた。身体《からだ》はちいさく、とてもではないが男がこれまで生きてきたベースボールの世界では見かけることのなかった若造だった。

だがやることは素早く、シビアーだった。どうしてこの選手が、トレーナーが、通訳がチームにいるのかと首をかしげる対象者はたちまち解雇された。

それでもまだチームがプレーオフに進出できる可能性が残っているうちはおとなしく、礼儀もわきまえていた。ところがプレーオフ進出どころかリーグで最下位の、しかも球団史上ワーストの勝率でシーズンを終えるのではとマスコミが書き立てはじめる頃から、この若造は一気に攻め込んできた。大学の専攻が経営戦略であったらしいから戦略は持っていたのだろう。ファンに人気のない地味な選手の大半が放出を言い渡された。

実際、負け試合がこれだけ続くとホームでの観客動員数もおそろしく減った。スタンドにいるのは昔の栄華を知っている連中と他に行くところがない連中だった。

勿論、彼等は老人だった。女と子供は弱いことが嫌いなのだ。

今日のランチで若造がロートルたちと呼んだのは、そのわずかなファンが応援するかつての名プレーヤーだった。

——今のあなたなら何をやっても文句を言う人はいませんよ。勿論、オーナーも……。

男はチームのオーナーの顔を思い浮かべた。

オーナーは男がかつて現役のプレーヤーであった頃からの知り合いだった。その頃、彼はまだ子供用の教育テキストを売るちいさな会社のオーナーだった。その教材に男の少年時代の物語を載せる許可を取りにやってきた。

熱いまなざしで子供の教育について語る相手を見ていて、男は謝礼なしで掲載を許可した。相手は感激し、以来交際を続けた。人の運などというのは何がきっかけで上向くかわからない。或る時、教材の倉庫に使っていた建物が火事に遭い、周囲にあった古い倉庫群に延焼し、広い焼け跡だけが残った。倉庫の持ち主は保険に入っておらず、彼の教材の損失が支払えなくなった。訴訟、裁判の途中で示談になり、彼は広大な土地を手に入れた。その土地にまだ若い企業であったコンピューター関連の会社が全米から集まってきた。土地が金の卵になり、そのビジネスに注目した彼は不動産業を手がけるようになった。それからは驚異的な発展だった。あっという間に全米の金持ちランキングの上位に入り、経済誌の表紙を飾るようになった。そうしてかねてからの夢であったメジャーのオーナーになった。最初の数年、低迷していたチームを奇蹟《きせき》的《てき》に優勝させ、ワールドチャンピオンにしたのはオーナーの親友で、引退したばかりの男だった。

「ディリー、大丈夫だよ。ジョンはああ見えてもいい奴だ。君が教えてやれば一人前のゼネラルマネージャーになる。君もまたジョンからいくつか学ぶものもあると思うよ。まだ数字としてはチャンピオンになる可能性はあるじゃないか。あの奇蹟を、あの夢をもう一度見させてくれよ。ゆっくりするのはそれからでもいいじゃないか」

五日前の電話でオーナーはそう言った。

——ゆ、ゆ、ゆっくりとはどういう意味だ？

男は空になったグラスをバーテンダーにむかってかかげた。

金と権力を手に入れることは人間を簡単にかえてしまう。彼は幼い頃から金を持つ者がいかに傲慢《ごうまん》になるかを目にしていた。自分の父親でさえ、息子がメジャーの名プレーヤーになった途端、彼を親身になって育ててくれたコーチに言ってのけた。

「息子は元々ベースボールの天才だったんだ。そんなことは俺はとうに知っていた。

息子に関《かかわ》るすべての金銭的なことは俺を通すんだ」父親がそう言ったのは彼がコーチに送ったバッティングマシーンと小額の小切手についてだった。金と権力は人をかえてしまう。ただし当人は気付かない。

マスコミは前半戦が終る頃には次の監督候補の名前を挙げるようになっていたし、テレビでは同じナショナルリーグの連戦連勝するチームの鮮やかな戦い振りと熱狂するファンの様子を映し出し、それと比較するように男のチームの無様なプレーと閑散としたホームのスタンドを映していた。酷《むご》いことをする連中だと思った。

さてディリーはなぜこんな場末のバーにやってきたか。

彼は自分の野球人生でもっともみじめな年を嘆いて人知れずこのバーにやってきたのではない。

彼は今シーズンをあきらめてはいなかった。残る38試合をすべて勝てば充分に逆転優勝の目はあったし、野球というスポーツはそういうことが平気で起きることも経験から知っていた。

ただチームの戦力は最悪だった。まともにプレーができる選手はわずかしかいなかったし、チームを取り巻く状況はうんざりするほどだった。

オーナーはチームを売りたがっていたし、選手同士の喧嘩沙汰《けんかざた》が後半戦に入って三度もベンチの中で起きていた。

それでもメジャーの野球を知っている者は、彼の〝ディリーミラクル〟を記憶の片隅に残していた。

前半戦終了時点で首位のチームに23ゲーム離されていた最下位チームが最終戦で首位に立ち、見事にワールドチャンピオンに輝いたのだ。それはメジャー史上にない逆転劇だった。

——遠い夢のことなのか？

そんなことはない。ディリー自身もこころの隅で奇蹟を信じていた。

そう、あの奇蹟がはじまる前夜も彼はこの店で一人で呑んでいた。

客の老人が一人、テーブルから立ち上がってトイレにむかった。ディリーと目が合うと老人は言った。

「やあディリー、調子はどうだ」

「やあロン、見てのとおり最悪だよ」

ディリーはお手上げのポーズで力なく笑った。

「最悪ならあとは上がるしかない。おまえさんならできる。俺にはわかってるんだ」

「ありがとうロン。一杯やってくれ」

「よし明日からの祝杯だな」

肩をやさしく叩《たた》いてトイレにむかう老人にディリーはこころがやすらいだ。

ディリーは店を見回し、知った顔はいないかと探した。見覚えのある顔には酒をおごるようにバーテンダーに告げた。そうして古いジュークボックスの脇の小椅子に目を留めて訊《き》いた。

「リトルポキはどうした？」

「二年前に……」

バーテンダーは天井を指さした。

「あんたならできる。俺たちの中の特上の血が流れている。オールスターのホームランは最高だったぜ。メキシカンの血が打ったんだろう？　あんたならできる」

ジュークボックスの小椅子にいつも腰を掛けて客に曲のリクエストをねだっていた酔い泥れのリトルポキ。いい奴だった。

その時、ドアが開いて一人の男があらわれた。ボストンバッグを手にしていた。ここに荷物を持ってくるのは他所者だった。男は店の中をきょろきょろと見回していた。この小柄でずんぐりむっくりした体型にはどこかで見覚えがある。ディリーのチームの帽子を被っている。

――誰だったか？

そう思った時、男は真っ直《まつす》ぐディリーにむかって歩き出した。相手がどんどん近づいてくる間に、ディリーはこのミニタンクのような男の名前を思い出した。

――ガラの野郎だ。疫病神のガラだ。

ガラが白い歯を見せてディリーを見ている。

「そろそろやってくる頃だと思ったぜ」

――何を言ってるんだ、この男は……。

ディリーは胸の中でつぶやきながら、目の前に立って自分の胸板を叩いている相手を見た。

「さあ奇蹟を起こそうぜ。この日のために、ほら見ろ、鍛えておいたぜ。それに今夜、えらくいい報《しら》せがあるんだ。人に聞かれてはかなりやばい話なんだ」

ガラは声を潜めて言い、ディリーの隣りに座った。カウンターの上に置いたガラの指には奇蹟の優勝の時のチャンピオンズリングがはめてある。勿論、贋物《にせもの》である。しかしあの逆転優勝のシーズンの後半戦に彼がチームの選手として登録されていたのは事実だった。ディリーが解雇した。

　この男はなんとあのシーズンの決戦となる前夜に先発ピッチャー三人を訳のわからぬ酒場に連れて行きさんざ飲ませた上に、メキシコインディアンの魔法と称して、それぞれの選手の胸に刺青《いれずみ》を入れさせたのだ。そして中の一人が傷口が化膿《かのう》し使いものにならなくなった。

　ディリーがガラを呼んで怒鳴りつけた時、この男は平然として言ったのだった。

「ディリー、大丈夫だ。残る二人で充分に戦える。あいつらは奇蹟の血を授かったんだ」

　その場でガラに解雇を通告した。

「わかった。俺が犠牲になろう。何も言わなくてもいい。俺たちはもうどんな相手にも勝てるんだ」

　そうして去ったのだが、翌年も、翌々年も、ガラは毎年、優勝の可能性が失せる頃になるとディリーに手紙をよこした。十五年間もだ。

「そろそろ奇蹟をはじめようぜ」

　ディリーはその手紙をすべて破り捨てた。

　そうして今年は早々と前半戦の途中から手紙が届きはじめた。

ディリーはガラの顔を見た。たしか十五年前はすでに四十歳に近かったはずだ。ガラはメキシカンリーグのプレーヤーで内外野の守備がどこでもこなせたし、足がすこぶる速かった。この手の選手はベンチに入れておく必要があった。ゲームというものは何が起こるかわからなかった。ただひとつ問題があった。ガラはすべての運命があらかじめ決定しているのだと思い込んでいた。それに占い、魔術を異様に信じていた。

――この男、もう五十歳はとうに過ぎているはずなのに、この脂ぎった迫力は何なんだ？

ディリーは目の前の男が自分のどういう言葉を待っているのかはわからなかった。飼い主の次の命令、もしくは手にしたボールを投げてくれるのを待っている犬のような顔で自分を見つめている男からたぎる精力に驚いていた。

「ディリー、俺は飛べるようになったんだ」

ガラはそう小声で言って、自分の声が誰かに盗み聞きされていないかと周囲を見回した。

「翼を授かったのよ。もう負けやしないぞ」

――何を言ってるんだ、この男は？

ガラを見た瞬間、ジョンはさすがに目を剝《む》いたが、すぐに納得したように笑って言った。

「ディリー、いいんじゃないか。この選手には客を引きつけるものがある。特にヒスパニック系のファンにね」

ガラはジョンと握手し、ジョンはガラの握力の強さに悲鳴を上げ、本当に五十五歳なのか、と訊き返した。

選手たちはユニホームを着たガラを見て呆然《ぼうぜん》としていた。ガラはチームメイトの前でバック宙返りをして見せた。

マルチネスが、サーカスにいたのか、と真顔で訊いた。ガラは腹をかかえて笑った。

どう思われてもよかった。あの夜、ガラと別れてホテルに戻ったディリーはシカゴに住む元メジャー記者に電話を入れた。彼がデビューしてからの長いつき合いで、現役引退の相談も監督就任の決断も、彼の意見に従った。少しばかり調べて貰《もら》うことがあった。

「オーナーはチームを売る決意をしてる。赤字のせいじゃない。オーナーはもう昔の彼じゃない。野球を見限ったのさ。新しい買い手はたぶんおまえを使わないだろう。フリーメーソンの連中だ。わかるだろう？　もう好きにやる方がいい」

電話を切った後、ディリーはあのバーにいた老人たちを思い出した。そうして若い頃に自分がメジャーのプレーヤーになるのを応援してくれた男たち、女たちの顔がよみがえった。

一人の老婆の顔が浮かんだ。それはデビューの当日、球場の入口で逢《あ》った老婆だった。

「坊や。頑張るんだよ。今日からおまえは旅に出るのだから。どんなにさまよってもおまえには私たちの守護神がついているからね。いつか帰ってくるその日まで見事にさまようんだよ」

握った手がおそろしいほど冷たかった。

その日、彼は二本のホームランを打ちファインプレーをして衝撃的なデビューを飾った。

夜明け前にディリーはガラに電話を入れて、今日球場に支度をしてくるように告げた。

ゲーム前の練習の時、ディリーはガラが内野スタンドにいる女と子供に笑って話している姿を見つけた。

——何をやってんだ？

女と子供は、今日の先発のマルチネスの妻と息子だった。三人とも楽しげだった。試合前、ロッカールームで息子を抱き上げたマルチネスがいた。そばで妻も嬉《うれ》しそうに夫の手を握っていた。ディリーの肩を叩く者がいた。振りむくとガラがウィンクして、何もかも順調だ、と小声で言った。

試合前の最後のミーティングでディリーは選手たちに言った。

「チームは今夜から旅に出るんだ。奇蹟という宝物を探しにな。いくらさまよってもおそれるな。いつかは帰れる。それがベースボールだ。さあ坊やたちが待つフィールドに出よう」

マルチネスは初回から見違えるほどのピッチングを続けた。相かわらず打線の方はいけなかったが、人がかわったようなマルチネスの踏ん張りで8回まで0対0の投手戦になった。9回表、味方は1点を入れた。信用できる控え投手はいなかった。マルチネスの投球数は120球になっていた。マルチネスを呼んだ。

「ディリー、投げさせてくれ。どうせいつかは帰ることができるなら、俺はこの旅を最後まで続けるよ」

彼はマウンドに立った。しかし体力に限界はあった。かろうじてトップバッターを打ち取ったが、次のバッターにレフト前、次がライト前でランナー一、三塁。満塁策を取って次打者を敬遠した。ディリーはマウンドに行こうとした。すると背後から彼の名前を呼ぶ女の声がした。気になって振りむくと、あの老婆だった。

「そのままで大丈夫だから」

女は言ってうなずいた。ディリーはベンチの前に立って、老婆の顔を見返し、ガラにレフトの守備につくように言った。ガラはベンチを飛び出しマルチネスの尻《しり》をぽんと叩いてアウトフィールドへ駆け出した。

マルチネスは踏ん張って次打者をキャッチャーフライに打ち取った。そうして相手の最強バッターが打席に入った。今夜、彼は鋭い当りがすべて野手の正面をついていた。

マルチネスは相手を睨《にら》みつけ、第一球を投じた。打者が強振するとジャストミートした打球はレフトスタンドにむかって飛んだ。誰が見てもグッバイホームランである。

球場にいるすべての人が打球の行方を見つめた。

——終ったな……。

ディリーは打球を見上げてつぶやいた。

レフトスタンドでは打球を捕ろうと客がグローブを持って待ち構えている。

その時、ガラが飛んだ。完璧《かんぺき》なホームランボールをガラはフェンスより高く舞い上がり、完璧な飛躍をしてボールをグローブにおさめ、鳥のように降り立った。

一瞬ではあったが、素晴らしい沈黙だった。

旅がはじまったのだ、とディリーはうなずき、勝利した選手たちを迎えるためにゆっくりとベンチを出た。

月と魚

原野魚彦《はらのうおひこ》は、ここ何十年も使用していなかった籐《とう》の椅子を納戸の奥から引っ張り出し、六十歳を過ぎてからこんな遅い時刻まで起きていたためしのなかった夜半に、軒下に椅子を置き、そこに腰を下ろし、三晩も続けて暗い海を眺めていた。

三日前の午後、魚彦は納戸に入り、椅子を探した。七十一歳の老人が思い立ったように古い椅子に掛けてみたくなったのには、それなりの理由があったのだが、作業をはじめてみると、朝からの熱気で蒸し風呂《ぶろ》のようになった納戸の暑さに、何をこんなことを独りでやっているのだ、とやめてしまいたくなった。しかし乗り手のいなくなった自転車や読む者を失った蔵書の山を丁寧にのけてやると、意外に椅子はするするとがらくたの山から抜け出した。椅子は籐でできた二人掛けで、がらくたの重みで片方が少しへしゃげていたものの、庭先の軒下に置くとそれなりの構えをみせた。

その夜、椅子に座ってみると、尻《しり》から伝わる感触や肘掛《ひじか》けに置いた右手に触れる籐のいがついた肌ざわりが、とうの昔に忘却してしまったと思っていた記憶をよみがえらせた。よみがえってきた時間のほとんどはこの海辺の家で過ごしていた少年時代のものだった。記憶は連鎖しているものではなく、どれも断片的だったが、叔父と二人で夜の海にボートで出て、沖合いで叔父から聞いた話がよみがえってきたり、どの記憶にも曖昧《あいまい》さはなかった。そのことが魚彦にささやかな悦《よろこ》びを与えた。

「あなたには記憶の正確さというものがございません。二人で出かけた場所から、月日、情況までまるでいい加減なのです。その証拠に、目の前にどんな景色があったかをちっとも憶《おぼ》えていらっしゃいませんでしょう」

十年前に亡くなった妻のサキコから、かつて二人で出かけた旅先の絵葉書を見せられ呆《あき》れたように言われると、自分の記憶の曖昧さを思うのだが、同一の記憶というものを二人もしくはそれ以上の数の人間が共有できないことを彼は知っていた。それが男女であれば、女はまるで記憶のしかたが違うのを、多少の数の女たちと過ごした経験からわかっていた。それでも記憶などというものはやはり人の都合の良いものに変容するものだ。都合の悪いものはどこかに失《う》せてしまう。だから魚彦とてこうして籐の椅子に座れば、自分の人生の中で唯一周囲のものがまぶしく映っていた少年時代のことだけがよみがえってくるのだろう。

だが古い椅子をわざわざ出してきたのは、懐かしい時間に浸るためではなかった。

「この庭にお洒落《しやれ》な椅子でもあれば、フ、ィ、ッ、シ、ュ、と二人で腰掛けてずっと朝まで海を見られるのに……」

そう話していた一人の女のことを考えてみたくなったからだった。

数日前の夜明け方、女は忽然《こつぜん》とこの家から消えた。もっとも彼女は忽然と魚彦の前にあらわれたのだが、女は思いもかけない感情を魚彦の中に残して彼の前から失せていた……。

十二日前の夕暮れ、彼は横須賀《よこすか》にある時計屋に出かけた。

生憎《あいにく》の雨であったが、リビングの置き時計の修理が、その日に仕上がると連絡がきたので、彼は雨中、車を運転して出かけて行った。時計は上手《うま》く修理が上がっていた。勘定を済ませ、時計の入った段ボールをかかえて駐車場のある裏通りにむかった。雨天のせいで通りは早々と昏《く》れ泥《なず》んで、秋の夕暮れを思わせた。駐車場に着き、係の男に駐車券を渡した。前の客が駐車ビルの昇降機の中から車が降りてくるのを待っていた。その時、魚彦は背後で何か妙な気配を感じた。気配のする左後方に目をやると、軒下に一人の女が雨宿りをしているかのように立っていた。雨宿りと思えばそう見えるが、女が立っていた場所は魚彦が昔よく遊んでいた古い飲み屋街の入口だったので、客待ちをしているようにも映った。まさか……、と思いながら彼は腕時計を見た。まだ午後の五時を過ぎたばかりである。待ち合わせだろうと女から視線を逸《そ》らした。前の客の車がまだ降りてきていなかった。彼はちいさく吐息をついた。途端に彼は息を止め、あわてて女を振り返った。女はまだそこに居た。彼は目を細めて女の顔を見直した。昔、いっとき関係のあった女に面影が似ていた。しかしそれは三十数年前の出来事だった。あんなに若いはずはないが、見直すとよくよく似ている。……幽霊ではあるまいな、と思いながらじっと見ていた。女も彼の視線に気付いたのか、かすかに笑った気がした。何かの偶然であろうが、その笑い顔までが、あの女に似ていた。すると女が急に右方向をむいて誰かを見つけたような仕草をしたので、やはり待ち合わせだったのだと彼は安堵《あんど》して駐車場の方へむき直った。前の客の車が昇降機の中でエンジンがかからなくなっていた。セルの回転する音だけが響いていた。彼は気になってもう一度女の方を見た。三人の男たちと女は立ち話をしていた。女の手付きがどこか男共を誘っているように見えた。客を拾っているのか。男たちが立ち去ると、女は彼等の背中に毒づくような言葉を放った。そうしてまた魚彦の方を見て笑った。手を振っていた。彼は戸惑いながらちいさくうなずいた。

女を、いや少女を車の助手席に乗せて走り出した時、彼は、どうしてこんなふうになってしまったのかと少し後悔したが、濡《ぬ》れた髪を魚彦が渡したタオルで拭《ふ》いているあどけない横顔を見て、老人が不意の雨に行き場のなかった少女を救ってやっただけのことだと思うことにした。

赤信号で車を停止させると、少女は言った。

「こんなに降るとは思わなかったね。ねぇ、どこのホテルに入ろうか？」

魚彦は少女の顔をじっと見返した。あの女とは何ひとつ似ていなかった。少女の方が顔立ちも綺麗《きれい》だった。この歳《とし》で女を買うつもりもなかった。そんな能力が自分の身体《からだ》に残っているとも思えなかった。相手はきょとんとした表情で彼を見ていた。何歳くらいだろうか。まだ二十歳を過ぎていないように思えた。

「どうしたの？　私はオジイチャンだって平気よ。むしろオジイチャンの方が好き」

車から降りるように言うこともできたが、そうしなかったのは、魚彦が少女の中に妙な懐かしさを感じていたからだった。家に遊びにこないかと誘うと少女はあっさり承知した。彼女はバッグの中から携帯電話を取り出して誰かに連絡を取った。

すぐに電話に出た相手と揉《も》めはじめた。だったらもうやめるよ、こんなこと……。そう言って少女は電話を切り、魚彦を見てニコリと笑った。

少女は名前を、ルナと言った。少し古めかしい名前を魚彦は気に入った。

岬《みさき》の家に入ると、ルナは興味深そうにあちこちを見ていた。

暖炉の上に置いてあった妻と写った写真立てを見つけて、これって奥さんだ、と声を上げた。そうして魚彦を振りむくと、死んじゃったんだ、と顔を曇らせて言った。勘のいい娘だと思った。

ルナが手にした写真立ての中の妻の顔が揺れていた。

晩年になって結婚したサキコに対する魚彦の愛情は平淡なものだった。サキコに特別な感情を抱いていたわけではなかった。幼い時から姿を見知ってはいたが、快活な少女という印象しかなかった。五十歳を過ぎて再会したが、好みの女性でもなかった。ずっと独り身だった魚彦に周囲の人がサキコに逢《あ》ってみてはと言い出した時、彼は原因不明の疾患になり、寝たきりの状態が続いていた。身体中の力が失せ手足が痺《しび》れて、ひどい時には唇や瞼《まぶた》が痙攣《けいれん》し、口をきくことも物を見ることもかなわなかった。若い時からの放埒《ほうらつ》な暮らしのつけがいっぺんにきたのか、と魚彦もなかばあきらめていた時にサキコは家に入り込んで魚彦の看護をはじめた。一年と少しで身体は寝込んでいたことが嘘《うそ》のように恢復《かいふく》し、以前より丈夫になったと言われるほど元気になった。そのことでサキコには感謝しており、結婚することになった。それ以上の感情はなかった。結婚は約束手形を発行したようなもので、サキコが癌《がん》で呆気《あっけ》なく亡くなった時、彼女の死に顔のおだやかさを見て、この表情のために手形は振り出されたのだと思った。

妻が亡くなった後、家の中を吹いて流れる妙にさばさばした空気を感じると、彼はサキコと居た八年間、仮面を被《かぶ》って生きていた気がした。

「だからあれは七月なのよ。行ったのは摩周湖《ましゆうこ》ではなくて阿寒湖《あかんこ》ですよ。私、あの透き通った湖水を見ていて、もしも私があなたより先に死んだら、私の骨をこの湖水に撒《ま》いて欲しいって、あなたにお願いしようと思ったの。昼は青空を、夜は星空を見ていられるなんて素敵だなと思って……」

絵葉書を眺めながら話す妻の顔を見て魚彦は思った。

——あの何の変哲もない湖を見て、この女はそんなことを考えていたのか……。

魚彦は、その時の旅で二人が摩周湖の湖畔には立ったが、阿寒湖はバスの窓から見ただけだったのを憶えていた。どこで湖の名前がすりかわったのかはわからないが。その湖畔に立って、魚彦とサキコはまったく別のことを思っていたのだが、ひとつだけ共通のものがあった。それは死を考えていたことだった。サキコは彼女自身の死を考え、魚彦はかつて彼の前から失踪した女の死体はこんな澄んだ湖の底にはないだろう、と考えていた。いずれにしてもサキコと暮らした八年は魚彦にとって波風の立たない平穏な日々であったことはたしかだった。何事かに思いめぐらせるでもなく、何かを追い求めたり、何かに追われることもなかった。サキコが死んだ後も魚彦の日々はおだやかだった。このまま己の生が終息にむかっても自然なことのように思えた。


「本当に何もしなくていいの？　でもお金は貰《もら》うよ」

少女がリビングのソファに座って言った。

魚彦は黙ってうなずいた。お腹《なか》は空《す》いていないのかと訊《き》くと、ペコリと頭を下げ右手を差し出した。彼女の望む金を渡し、キッチンに行き食事をこしらえはじめた。リビングからハミングが聞こえてきた。その曲が魚彦が朝から聴いていたピアノ協奏曲だとわかった。ソファに置いてあったヘッドフォーンをあてて聴いているのだろうが、彼女は正確に旋律をたどっていた。育ちの良い娘かもしれないと思った。美味《おい》しい、と彼女は肉片を口に入れ、ステーキとグラタンをたちまち平らげた。

魚彦が自分の分もすすめると半分を上手に皿に分けて、それも食べつくした。

「オジチャンは何ていう名前なの？」

名前を教えると、ルナは瞳《ひとみ》を見開いたままナイフを持った手で魚彦を指し、フィッシュ、と笑った。食事の後、二人して音楽を聴いた。海が見たいと言うのでひさしぶりに庭側の雨戸を開けた。

ルナは窓辺の床に膝《ひざ》を両手でかかえて座り込み、黙って海を見ていた。雨の海は暗黒がひろがっているだけだった。その闇の濃さがルナの背中を少しずつちいさくしていった。音楽が止まると、彼女は振りむいて、泊っていってもいい？　と訊いた。魚彦がうなずくと、ルナはまた海に視線を戻した。

魚彦はリビングのソファで休み、ルナを寝室で寝かせた。夜半、背中に触れるものに気付いて目を覚ました。狭いソファにルナが潜り込んで寝息を立てていた。二人とも窮屈な恰好《かっこう》で朝まで眠った。その日からルナとの奇妙な日々がはじまった……。

——ルナは、あの女がよこした幽霊じゃなかったのか……。

魚彦は暗い海を見ながら呟《つぶや》いた。

満潮にむかう汐《しお》は、雨の気配を含んだ風とともに重い波音を周囲に響かせていた。籐の椅子が鳴くような音を立てた。

ちいさな岬の突端ではあるが、家は大正期に祖父がかなりの金を費やして建造したものだったから、年に数度やってくる嵐《あらし》にも何十年と耐えてきていた。一代で事業を成功させた祖父は晩年、この岬の家で独りで暮らしていた。祖父の意思に背いて学者になった父は祖父と折り合いが悪く、夏になると少年の魚彦一人が東京から、この家に祖父を訪ねてきた。南方の島々での研究に母をともなって出かけた父は魚彦の教育を祖父にまかせたが、祖父は孫と一緒に暮らすことは拒んで、魚彦を森戸《もりと》海岸の近くの家に老婆と住まわせた。

少年の記憶の中にある祖父は寡黙な人で、必要以上に口をきいたのを耳にしたことがなかった。魚彦は時折、遊びにくる叔父に、どうして祖父は話をしないのか、と訊いたことがあった。叔父は笑って、あの人は若い時にいろいろあり過ぎて、もう人と話をする気持ちがないんだろうね、と言っていたが、今こうして祖父の年齢に達すると、叔父の言葉が理解できるような気がする。だからといって魚彦は祖父のように若い時に大きな事業を興《おこ》したわけでもないし、子をたくさんこしらえるほど精力的に生きたわけでもなかった。彼はただ祖父と、母方の家が残した財産を喰《く》いつぶしながら、ここまで生きてきたに過ぎなかった。友人や仲間は彼のそうした環境を羨ましがったが、魚彦にはそうして生きるしか他にやりようがなかった。ただ目減りしていった財産が魚彦の生の時間と同じ比率だっただけで、好運、不運といったものとは関係なく、バランスがとれていただけの話だった。

——私は何もしようとしなかったのか。何かに抗《あらが》ったりはしなかったのか。

自問をしても、そんな時間を思い出せなかった。こうして独り平穏に老いさらばえているのだから、何もしなかったのだろうし、抗いもしなかったのだろう。

昨晩は、今夜と違って海風も心地よく、波もおだやかだったので、少年の頃をいろいろと思い出した。

岬の家の庭の右手には崖下《がけした》まで続く階段が設けられており、急な階段を下りて行くと、コンクリートで造られた桟橋があった。叔父はそこに軽量のボートを繋《つな》いで、夏などは少年の魚彦を乗せて海に出た。

或る夏の夜、沖へ出てみようかという叔父に誘われた。二人して階段を下りボートに乗ろうとした時、魚彦はボートを繋いだロープに何かが引っかかっているのを見つけた。引き上げると、それはどす黒く光った椰子《やし》の実だった。

その頃、通っていた鎌倉《かまくら》の学校で文豪の「椰子の実」の詩を学んだばかりだったから、魚彦は目をかがやかせて叔父に、これは南の島から流れ着いた椰子ではないかと訊いた。叔父は笑って椰子の実をボートの中に投げ入れると沖にむかって漕《こ》ぎ出した。魚彦は舳先《へさき》に転がった椰子の実を見ていた。今考えると南方に居る父と母が恋しかったのかもしれないが、遥《はる》か彼方《かなた》の島から椰子の実が祖父の家の崖下まで流れ着いたことに魚彦は感動していた。

月は皓々《こうこう》とかがやいていた。少年の目には昼の太陽の光よりも、その夜の月の光の方があざやかに思えた。波もない夜の海面は鏡のように平らで、硬い水面に月は光を帯状に連ならせ、時折ざわめく波がその光の帯を錦繡《きんしゅう》のようにきらめかせていた。

こんな綺麗な月の下で、今頃、南の島では人と人が殺し合いをしているとは思えないな。まったく愚かな連中だ……。彼は叔父の独り言を聞きながら、椰子の実を見ていた。どうした魚彦？　この椰子の実が気になるのか。彼がうなずくと、叔父は話しはじめた。

「赤道直下の何処《どこ》かの島の、椰子の実が海に落ちて、その実が海流に乗り、長い旅を続けた後、三浦《みうら》半島の、この岬の崖下に流れ着く確率はどれほどのものなのかな……。マリアナ、トラック、ヤップ、パラオ、ミンダナオ、ニューギニア、ソロモン……、赤道直下まで約五千キロあるとして、北赤道海流から黒潮に乗った椰子の実が日本まで辿《たど》り着くのには何年かかるのかな。たくさんの支流があってもまぎれこむことなくただひたすら日本にむかう確率か……」

叔父は月を仰ぎながら謳《うた》うような声で語っていた。そうして最後に魚彦の顔を見て笑った。

「果てなき偶然だな」

魚彦には、月の光に照らされた叔父の微笑が今もあざやかに残っていた。

翌朝、魚彦は目覚めると、隣りで寄り添うように眠っていたルナを抱きかかえて寝室に行った。七十歳を過ぎても彼にはまだ体力が残っていた。彼の腕や胸板に伝わる若い娘の弾力のある肉体は多少成熟していたが、抱きかかえられても目を覚まそうとしない無防備さは少女のものだった。彼女は寝室で小一時間眠った後、魚彦が食事の準備をしていたキッチンにあらわれた。風呂が沸いているから入るように言うと、彼女はたっぷり二時間バスルームに入って出てこなかった。そうして化粧を落した顔であらわれたルナの肌はみずみずしく、ひどく美しかった。朝食をぺろりと平らげると彼女は魚彦の首に手を回し、耳元にキスし、もう少し休むと言って寝室に戻った。それから夕刻までぐっすりと寝入った。よほど疲れていたのだと思った。目覚めると、二人して夕食を摂《と》りながらとりとめのない話をした。食事の後は音楽を聴き海を見ていた。夜半、ソファで休む魚彦のそばにきて、ルナは眠った。奇妙な安堵を魚彦は覚えた。

翌日から夏のような暑さになり、ルナはまた午前中にたっぷり時間をかけて風呂に入り、食事の後で眠った。魚彦は二人分の食事の準備をしなければ、この家に自分以外の誰かが居るのが信じられないほど、静かな時間が過ぎていった。

何もしなくていいの？　ルナは眠る前に必ずそう言った。その度に魚彦はいくらかの金を彼女に渡した。日毎《ひごと》に外は暑くなったが、家の中では同じ生活がくり返された。五日目の夜、ルナは魚彦に寝室で一緒に寝て欲しいと言った。狭いベッドではなかったので二人して並んで眠った。その夜半、彼は物音で目覚めた。シーツを擦《こす》る音と荒い息遣いが聞こえた。暗がりに目が慣れると、ルナが自慰をしているのがわかった。夢の中でそうしているのか、魚彦を意識しての行為かわからなかった。息遣いが激しくなりベッドがきしんだ。ルナの手が魚彦の肩口を摑《つか》んだ。そうして尾を引くような艶声《つやごえ》を上げて果てた。放心したように天井を見ている目から涙が零《こぼ》れ落ちていた。

翌日、魚彦は落着きを失《な》くしている自分に気付いた。その原因が昨夜のルナの行為を目にしたせいかどうかはわからなかった。ルナは昨日と同じように目覚め、ゆっくりと風呂に入り、夕刻まで休んだ。その間、魚彦は庭に出て午後の海を眺めた。海を見ながら、彼は三十数年前に別離した女のことを思い出していた。

女とはルナと同じように横須賀の路地で逢った。娼婦《しようふ》だった。どちらが惚《ほ》れたのか定かではないが、毎夜、逢うようになり、やがて二人で暮らすようになった。アパートを借りた。そこで新しい生活をしようと女は夢を抱いていた。半年間平穏な暮らしが続いていた、或る夜、女は忽然と魚彦の前から姿を消した。前兆すらなかった。アパートからすっかり女の荷物が失せていた。置き手紙もメモ書きも残っていなかった。しばらくの間、女の帰りを待ち、半年余り女を探したが再会することはなかった。以来何人かの女と関係を持ったが、彼は女の胸中を探るということを二度としなくなった。

ルナが、窓辺に立って海を眺めていた魚彦を見ていた。最初に家にきた時より、顔がかわったように思った。大人びたのか、少女に戻ったのかはわからなかったが清々《すがすが》しく見えた。

ただ清楚《せいそ》に思えた瞬間から、魚彦は彼女があの夕暮れ自分と逢わなければ、どこかで誰か知らぬ男と交わしていた行為を想像しはじめた。男たちにいたぶられ、弄《もてあそ》ばれて悲鳴を上げているルナの顔と嬌態《きようたい》が浮かんだ……。

何を考えてるの？　ルナの声に彼はあわててワイングラスを手に取った。ワインが零れて胸元に落ちた。それを見て鼻の先にシワを寄せてルナは笑った。

夜半、身体に触れるものに気付いて目覚めた。見ると魚彦の下肢部にルナが覆い被さっていた。何をしているんだ、よしなさい。諫《いさ》めると、だって興奮してるよ、とルナが答えた。まさかと思った。たしかめようと起き上がった途端に、ルナが、あれれれと声を上げた。ルナはまた彼の性器に顔を埋《うず》めた。魚彦はルナを押しのけた。するとルナが済まなそうな目をして右手を差し出した。

七日目の午後、ルナは昼寝をしなかった。彼女は庭先に出て崖下に下りる階段を見つけた。魚彦はルナを連れて階段を下りた。朽ちたボートの残骸《ざんがい》が桟橋の杭《くい》に引っかかっていた。誰かが捨て去ったのだろう。崖下は人が入らないせいか水も澄んでいて海底の藻や石までが見透せた。突然、ルナが衣服を脱ぎはじめた。あっという間に海に飛び込んだ。白い裸身が茶褐色の海底に映えて白い魚のように美しかった。魚彦は初めて見るルナの裸身に見惚《みと》れていた。身体を回転させると恥毛までが鱗《うろこ》のように光っていた。成熟した女の肉体だった。ねえ、一緒に泳ごうよ、とルナが手招きした。魚彦が首を横に振ると、ルナは誘うような目付きをして、身体を大きく開いた。その瞬間、彼はあの失踪した女とルナの間に何か深い関《かかわ》りがあるような予感がした。

——まさか、あの女の化身では……。

海から揚がり、夕刻まで二人は庭先で江の島《えしま》方向に沈む夕陽《ゆうひ》を眺めていた。

「この庭にお洒落な椅子でもあれば、フィッシュと二人で腰掛けてずっと朝まで海を見られるのに……」

腕に寄りすがるルナから甘い香りがした。

夕食の間、昼寝をしていなかったルナは眠そうな顔をしていた。その夜は音楽を聴かずに二人で寝室に入った。

夜半、顔に何かが触れるのに気付いて目覚めた。目の前にルナの顔があった。ルナは裸身だった。

「ねえ、どうすれば感じるの?」

「私はもうそんな歳じゃない。休みなさい」

するとルナの手が魚彦の首にかかった。ルナの目が悪戯《いたずら》そうに笑っていた。崖下の海の中で見た目だった。彼はされるがままにしていた。手に力が込められ、息苦しくなった。目を閉じると、急に胸板に痛みが走った。激痛に唸《うな》り声を上げ目を見開くと、ルナは手にした髪飾りのピンで彼の胸板を掻《か》いていた。何をするんだ、ルナを両手で押しのけると、彼女はごろりとベッドの隅に転がり、そこに横座りになり、首を鶴《つる》のように伸ばし、手にしたピンで自分の首先から乳房を引っ掻いた。白い肌に薄墨を引いたように血がにじんだ。魚彦の胸にも血が流れ出していた。馬鹿なことはするな、彼はルナの両手を摑んで捩《ね》じ伏せた。その時、ルナの口から艶声が洩《も》れた。

「もっと、もっと強く、痛くして」

その目があの女と瓜《うり》ふたつだった。魚彦はルナに初めて憎悪を感じた。手首を握った手に力を込めた。

「ほら、やっぱり興奮したじゃないの」

ルナが勝ち誇ったように言った。ペニスが勃起《ぼっき》していた。魚彦の身体の下であの女が笑っていた。

雨が降り出していた。

魚彦は籐の椅子からゆっくり立ち上がると、崖下に続く階段を下りて行った。そこに誰かが居るはずはなく、もう海を眺めても仕方ないと思った。桟橋に立つと満潮の波が周囲の岩に当って鼓のような音を響かせていた。波打つ水面を見ているうちに、昔、ここで何か魅惑的なものを見たことがあった気がしたが、それが何だったのか思い出せなかった。波が足元を攫《さら》った。ひんやりとした感触がした。波音に混じって女の笑い声が聞こえた。周囲を見回したが、誰も居るはずはなかった。魚彦はふいに孤独に襲われた。何かがざわめいているような沖合いを見たが、そこには闇ばかりがひろがっていた。

岬

十月の終りから十一月の中頃にかけて、その海岸一帯では雨の気色がかわった。春から夏の雨と違い粘り気があり、透明のはずの雨垂れが鉛色に映り、重みを感じさせる。降りはじめると雨はなかなかやまず、それまでの三日降っては三日晴れるような晴雨の間隔が少しずつせばまり、やがて五日、六日と絶えることなく重い雨が降り続ける。

土地の老人たちは、その長雨をムカヘと呼ぶ。ムカヘとは北西の風を迎える雨をさしている。長く続いた雨の最後は、その北西の強風に雨垂れが横殴りの飛沫《しぶき》にかわり、その日を境に、海も、浜も、各々の在所は凍《い》てつく冬を迎える。

春がやってくるまでの五ヶ月間、低く垂れ込めた濃灰色の雲と絶え間なく吹きつける寒風に海は荒れ狂い、人々を押し黙らせる重い沈黙の日々をくり返す。

この容赦ない寒風に晒《さら》され続ける海岸一帯の中でも、とりわけ過酷な風に見舞われる岬《みさき》があった。岬といっても木一本はえているわけではなく、鋭角に削られた断《だん》崖《がい》にわずかばかりの灌木《かんぼく》が岩間にしがみついているだけの、鼻と呼ぶ方がふさわしいような岩場だった。

それでも三十年前までは、岬の突端に漁師の見張り小屋が建ち、その裏手に二軒の住居があった。小屋も住居もこの地方独特の風にむかって猫がしゃがみ込んだような低い造りだった。漁の絶えた今はもう建物の礎石の跡がかすかに残るだけで、かつて風の吹きすさぶ見張り小屋から村の若衆が、白く煙る波間にのぞく魚影を逃がすまいと目をかがやかせていた時代を知る人もいない。


その年は冬の到来のムカへが十月の内にやってきて、いきなり北西の風が悲鳴を上げて海岸に吹き荒れた。

住む人も年寄りだけになってしまった海岸は、例年になく冷たい静寂につつまれていた。

十一月の中旬、岬に一人の女があらわれた。

黒いコートのベルトを細身の身体《からだ》に縛りつけるようにし、束ねた長い髪を角巻《かくまき》のような大きなマフラーで覆って、女は岬の突端に立ち、荒れ狂う海を眺めていた。

翌日も、翌々日も女は岬にあらわれた。

その奇妙な行動が三日続いても女の姿に誰も気付かなかったのは、かつて見張り小屋を建て、村の衆の多くが住居を構えて暮らしていた岬の西方のちいさな浜には、すでにほとんど人がいなかったからである。魚影を見つけた報《しら》せの半鐘が鳴るか鳴らぬかのうちに船を漕《こ》ぎ出していた勇猛な漁師たちが褞袍《どてら》姿《すがた》で浜に仁王立ちしていた時代なら、とっくに女の姿を見つけ、とっつかまえてどこかの小屋に引っ張り込んで手込めにしていたかもわからない。それほど女は無用心とも大胆とも見える態度で海を眺めていた。

——何もありゃしないじゃないか。馬鹿みたいに荒れてるだけの海じゃないの。

女は海にむかってつぶやいた。

今日でもう三日、この海を見続けているのに、女が想像していた感情の動きもなければ、ましてや感傷的になることもなかった。女は自分の記憶の奥底に残されているかもしれない、冬の海と岬の記憶を探ろうとこうして寒風の中に立ったのだけれども、何ひとつ呼び覚まされるものはなかった。

——だいいち、岬の上に家なんてありもしない。やはり戯言《たわごと》だったんだわ、あの人の話は……。

一昨日より昨日の方が、昨日より今日の方が、吹きすさぶ風が冷たく感じられた。

「あの風は、人のこころまで凍らせてしまう風だったよ。あれに毎日吹かれていりや、男だって女だって身もこころも冷たくなって当り前だよ」

生きている時の母の気丈な喋《しやべ》り口調と、故郷の岬の話をする折の恨みをたっぷりと含んだ苦々しい表情がよみがえった。

女はまだ乳呑み児《ちのみご》の時、母に連れられてこの岬を出たと聞かされていた。

「ミツ、あんただって、その岬に立ってみりゃ、いろんなことが思い出されるさ。あの土地はそういう土地なのさ」

「だって私はまだ二歳にもなってなかったんでしょ。二歳の児が何を覚えていると思ってんのよ」

浅草《あさくさ》、仲見世《なかみせ》で小料理屋をやっていた母のキクエのあとを継いで、女は今、その店を切り盛りしていた。古くなった店の改装を忙しくなる暮れ前にしておこうと、母の代から四十年休みなしで続けてきた店を初めて休業した。その工事の間に、母の故郷を訪ねたのには訳があった。

女は岬からはひと峠内陸に入った町の古い宿に泊っていた。

町は昔からある門前町で、名刹《めいさつ》の門前にかつて商いをしていたらしい建物が軒を並べていた。女の宿のむかいに豆腐屋があり、その店では昼から蕎麦《そば》を出していて、これが案外に美味《おい》しく、女は岬にむかう前に店に立ち寄り、蕎麦と地酒を引っかけて出かけていた。

その日、女はいつもより早目に岬を引き揚げた。これ以上、荒れているだけの海を見ていても仕方がないと思った。そろそろこの土地を発《た》って金沢《かなざわ》あたりで美味《うま》いものでも食べて、温泉でゆっくりするのがよかろうと考えた。

「おや、今日は早いですね」

店の主人が日焼けした顔を調理場の小暖簾《のれん》から覗《のぞ》かせて笑った。

「昨日より今日の方が海は荒れてたでしょう。もうすぐ雪も降るから、雪が降れば綺麗《きれい》なものですよ」

「そう……」

女はそっ気なく返答してから、冗談じゃない、それでなくとも寒がりな自分が雪まで降られて見るほどの海景色じゃないわよ、とむかっ腹を立てた。

「一本つけて頂戴《ちょうだい》な。身体も冷えるけど、あの海は見てると滅入《めい》ってくるわ」

女の声に調理場の奥から笑い声が聞こえた。

その時、木戸が開いて、峠を越えて吹いてきた海風が女の足元を攫《さら》った。男が一人、刺し子の袢纏《はんてん》を肩にかけて入ってきた。茄子紺《なすこん》の袢纏が艶《つや》やかに光っているのを見て、女は雨が降りはじめたのだとわかった。

　短い頭髪、大きな肩、耳の先まで日焼けした様子から男は漁師のようだった。五十がらみ、いや四六時中外風に当って身体を使って暮らしている男は十歳も若く見えたりするから、もう六十歳を過ぎているかもわからない。

　女は商売柄、男の年齢を察する目を持っていたから、相手が見てくれより歳《とし》を取っていると見ていた。女は今年、数えで五十二歳になる。だからこの土地を訪ねたのは五十年振りということになる。赤児《あかご》の時のことなどとうの昔の話で記憶も何もあったものではない。女も年齢より若く見えた。二、三歳ならわかるが、本気でひと回り下の年齢と思う男もいた。若い時に一度、つまらない男と所帯を持って子も産んだが、男は失踪し、子も死なせてしまった。三十年も前のことだから、これも他人事《ひとごと》のように思える。

「おうっ、やはり今日もダメか……」

　店の主人の声に男は返答するでもなく、女と逆の壁際のテーブルにどかりと腰を下ろして、店員に酒だと野太い声で言った。

　男は音も立てずにコップの酒をふた口で呑み干した。酒好きの呑みようである。女は知らずに男に見惚《みと》れている自分に気付き、己に嫌気がさして目を逸《そ》らした。女の内に隠れていた性が男を見てしまっていた。初中後《しょっちゅう》そんな気になる女ではなかった。むしろ何年か振りの感情であり、そんな自分を見て嫌な気がした女があわれなのかもしれなかった。

蕎麦を食べているうちに、二人の男があらわれた。どうやら今夜は連れ立って遊ぶらしい。近くに女が居るような繁華街があるとは聞いていなかったから、博奕《ばくち》でも打つのだろうか。男はどんな場所でどんなふうに過ごしていても、連れ立てば遊びに身を置く生きものである。この男たちには共通した独特の匂いがあった。今時は見かけなくなったが、家の外にしか、仕事とは別のことにしか、生の軸を置けない男たちである。そのためにならら身体半分切り取られてもかまわないと平然と思っている男たちの匂いである。

宿に戻ってから女は風呂《ふろ》にも入らず、階下の老婆に酒を注文して部屋でやりはじめた。外は窓を打ち鳴らすほど風が吹いていた。

何をしにこんな田舎までのこのこやってきたのだろうか、と思った。

「今さら言えた立場じゃないけど、せめて墓参りだけでもしたかったわ」

母のキクエが病いに臥《ふ》すようになってから、死んだ兄たちの墓参だけでもしてやりたかったと洩《も》らした。キクエがそんな悔みを口にするのは珍しかった。物事に無《む》頓着《とんちゃく》で、過ぎたことにくよくよする女ではなかった。何事につけさばさばした性格が母と娘は似ていた。女はものごころついてからの母の男は皆知っていた。ひどい修羅場もあったが、決して悔みを口にはしなかった。男にも金にもさっぱりしすぎるくらいだった。だから女の亭主が突然女房と乳呑み児を置いて失踪した時も、世の中にはそんなこともあるわな、と実の娘に母は平然と言った。女もそういうものかもしれないと思った。子供を病気で亡くした時も、さすがに最初は孫娘の死がこたえていたようだが、しばらくすると自分の新しくできた男のことに夢中になっていた。その性格がそのまま自分にうつってしまっている、と思う。

母が亡くなったのは六年前である。今年七回忌を迎えて、供養を済ませた後で納戸に残っていた母の荷物を整理していたら、柳行李《やなぎこうり》の中から何通かの手紙を見つけた。母とはいえ他人からの手紙だから読まずに処分してしまおうと思った。その手紙の中に一通、達筆な文字の封書が目にとまった。母の知り合いにも筆のたつ者がいたのかと差出人を見ると、この門前町の寺の和尚であった。気になって中身を開けてみると、永代供養の預り状だった。母は口では墓参に行けない自分を薄情な女だと強がったり、嘆いたりしていたが、ちゃんとやるだけのことはしていたのだと思った。女が赤児の時に死んだとはいえ、自分にとっては実の兄二人である。自分が墓参に出かけても、死んだ母は悪くは思うまいと、店の改装の時期に合わせて出かけることにした。

兄二人は海で死んだと母から聞かされていた。父親は祖父の代からの漁師だった。母は後妻で三人の子供を産んだ。上二人の兄と末妹の女とは少し歳が離れていた。父は支那《シナ》での兵役からようやくの思いで帰ると、兄二人を船に乗せ漁に出た。

戦後ほどない時代だったからせっかく漁をしても以前のような水揚げはなかった。その上、それまでの漁場に旧日本軍が設置した機雷がかなりの数残っていた。内海の方の漁村ではその機雷に接触して船ごと飛ばされて死んだ漁師もいた。政府とGHQによる機雷の掃海作業も遅々としてすすまなかった。そんな折、朝鮮戦争が勃《ぼっ》発《ぱつ》し、機雷の掃海作業が中止された。戦争特需で日本の景気が良くなりはじめ、ちいさな漁村にまでさまざまな話が入ってきた。「鉄や黄銅が高く売れる」という噂《うわさ》がひろまり、機雷を上手《うま》く網で引き揚げればたいした金になるという話が、二人の兄たちの耳にも聞こえてきた。父に相談すると一喝された。漁師がそんなもんを捕ってどうする、おのれらが死ぬだけじゃ、と叱りつけられた。ところが父の仲間で海軍にいたという機雷を揚げる男があらわれ、父に要領を教え込んだ。たしかに漁に出るよりはるかに金にはなるようだった。父は一人でその作業に出ようとしたが、作業には員数が必要だった。キクエは反対したが、夫も息子たちも自信がある口振りで、海のことに女が口出しをするなと言われた。

最初の出航で、船は機雷に触れ爆発した。夜中、キクエは鈍い音を聞いた。しかしそれが息子たちを吹き飛ばした音だとは思ってもみなかった。息子二人は即死だった。夫が生き残った。わずかな傷だけで生き残ったのが奇跡的だった。機雷の引き揚げは禁止されていたし、罪となるから、事故の扱いにしたが、村の衆は皆事故死の理由はわかっていた。キクエは夫を責め立てた。元々、気丈な性格だったから言葉も過ぎた。このままでは殺されると思い、母は二歳にもならない娘を連れて村を出た。

以来、村に帰ることはなかった……。

女は岬に立ち、兄たちが爆死した姿を想像しようとしたが、機雷がどんなものかも知らないし、夜漁する男たちの姿も思い浮かべることができなかった。

それでも時折、写真の顔さえ見たことのない兄たちの船上の姿を想像することがあった。思慕の感情が湧く理由などどこにもないはずなのに、兄たちとせめて指先だけでも触れ合うことができていたら、と思う時があった。

失踪した夫のあとさきで、女に男がいなかったわけではない。夫よりも情を深く通じた男も何人かいたし、その中の一人と駆け落ちしたこともあった。夫もそうだが、女は一人の男と長く情を通じ合わせることができなかった。相手の男が不誠実だったのかもしれないと思ったこともあったが、自分と同様に一人の男と添いとげることができない母を見ていて、女は自分と母の身体の中に流れている血がそうさせてしまうのではと思うようになった。だからといって自分たちの血を疎ましく思うわけではなかった。

自分に何か足りないものがあるから夫が失踪したとも思わない。あの男はあの男で何か足りないものがあったのだろう。今、どこかで男が生きていたとして、誰か女と幸せにしているならそれでかまわない。けどどの女でも、あの男の欠落していたものを埋められるとは思えない。それは女自身がずっとかかえている、母からも、夫からも、子供からも得ることができなかった奇妙な不安と同じ種類のもののような気がした……。

喉の渇きを覚えて目を覚ました。

いつの間にかうたた寝していた。毛布がかけてあった。階下の老婆がしてくれたのだろう。部屋の隅に握り飯と香の物がラップして置いてあった。

寝入っていた。老婆が部屋に入ってきたことも気付かなかった。豆腐屋での酒が思ったより効いていたのかもしれない。壁際のヒーターが点《つ》いていたが足元は冷たかった。

サイドテーブルに置かれた水を飲んだ。冷たい水が喉に通ると、急に寒気がした。風呂に入りたいが、もう階下は休んでいる気配だった。

蒲団《ふとん》に入って寝よう。明日は早くに出発しようと思った。着換えようとして立ち上がると、外から人の声が耳に届いた。この二日、夜八時を過ぎると静寂だけがひろがる町だと思っていたから何やら陽気な声が気になった。

女は窓辺に寄り、ガラス越しに表通りを見た。斜め前の豆腐屋の店灯《みせあか》りが点《とも》っていた。まだ蕎麦の商いをしているのか、店前に男が二人立っていた。ガラス越しに彼等を眺めていると、いきなりそのうちの一人が女にむかって手を振った。大声で何やら叫んでいる。白い歯がこぼれた。手招きしている。どうやら女の姿を見つけて面白がっているふうだった。

女は窓を開けて手を振った。雨はやんでいた。手を振っていたのは主人だった。

「出てきて少し呑まないかね」

「寒いからもう寝ようと思ったの」

「じゃ、出てくればいい。熱いのを一杯やれば寝れるさ。なんなら露天風呂もあるから温まっていけばいい」

「へェ〜、露天風呂があるんだ」

女は風呂を使わせて貰《もら》うつもりで豆腐屋に行った。

風呂は想像していたよりいい湯で、女の身体は上気するほど温まった。湯上がりのまま主人に礼を言いに行くと、店の中で男たちは酒を呑んでいた。

「蕎麦はもうないが豆腐ならある。食べるかね」

「でもこんなに遅くに悪いもの……」

「こんなに遅くに湯に入ってかね……」

主人の言葉に女も男たちも笑い出した。

酒が注《つ》がれ、オカラが出た。美味だった。豆腐は湯を通してあり、ネギと地の手作りの醬油《しょうゆ》が絶妙の味をこしらえていた。酒が気持ち良く喉の奥に流れ込んでいった。


薄闇の中に大きな影が揺れていた。

先刻の男よりも、この男の身体の方が女の奥に届いている。肉体の強健さや性器の寸法のことではない。

女には、この影が豆腐屋で見かけた袢纏の男だということはわかっていた。この男のこころ根にある誠実なものが女の身体の中にあふれてくる。こんな経験は初めてのことだった。肉体だけでは繫《つな》がり合わないと思っていた女の性を男の身体は否定し、ごく当り前のように快楽が女の身体に満ちあふれていく。

「大事ないか？」

男の声がした。

どういう意味なのだろうか。この土地独特の言い回しなのだろうか。どう返答していいかわからない。

「大丈夫よ」

女は勘でそう答えたが、言葉の最後はただ息の乱れにあやふやになった。女の返答に男がかすかに笑った気がした。その表情がひどくいとおしく映った。

ゆるくかしいでいたような時間が、男の果てるくぐもった声と身体が離れたはずみで元の平らな時間の感覚にかえった。水を呑む音がする。男が女の目の前に水の入ったグラスを差し出した。女はちいさな声で礼を言って喉を鳴らして水を呑んだ。

「冬の間ここに居りゃいいのによ……」

思わぬ言葉に女は男の顔を見た。男は煙草《タバコ》を吸っていた。火明りで男の顔が浮かび上がった。これまで見たこともない男の表 貌《ひょうぼう》だった。吐き出した煙りがその表情を掻《か》き消した。

「そうはいかないわ。帰る所に帰って、やんなくちゃなんないことがあるわ。そうしなくちゃ生きて行けないし」

「春まではここでこうやっていても生きて行けるぞ」

男の言葉に女はクックククと笑った。男はそれっきり押し黙った。無垢《むく》なのかもしれないと思った。

「いい匂いがするな」

「えっ、何て言ったの」

「おまえはいい匂いがする、何か甘いような……」

「そうかしら……」

女は先刻の男も同じことを口にしたのを思い出した。

「……クリームの匂いよ。黒龍《こくりゅう》ってクリームでね。私の母も使ってたの。母はこの先の××岬の漁師の嫁だったのよ」

「里帰りか？」

「そんなんじゃない。あなた漁師？」

「そんなとこだな」

「さっきの連れの人も」

「ああ……」

男は面倒臭そうに返答した。

女の視界の中に男が吐き出した煙草の煙りがゆっくりと流れていた。ここがとうぶん生きて行ける場所かどうかを考えようとしたが、睡魔が耳元から乳房の方に湿りとなって抜けはじめ、ミツは静かに目を閉じた。

失踪

「セツヲ、われはウミガメに乗ったことがあるかや？」

「えっ？　……いいえ、ありません」

「………」

父は節夫の返答を聞いているふうでもなく、それっきり沈黙し、またじっと天井を見つめていた。

その言葉が、節夫がポルトガルから帰国し、父の看病を続けた三十二日間で、唯一、交わした会話だった。

唐突で、真意がすぐにくみとれない父の質問に、彼は思わず、ありません、と答えてしまったのだが、あの時、ウミガメがどうかしたのか、と訊《き》くなりして会話を繋《つな》げばよかったのではと悔いた。しかし父が死んでしまった今となっては、それも詮方《せんかた》ないことだった。

――ウミガメか……。

節夫は空港の待合室で、あの会話を思い返していた。

ノムラセツヲ様、ノムラセツヲ様。チケットカウンターから名前を呼ぶ女性の声に、節夫は椅子から立ち上がってカウンターにむかった。

ノムラセツヲ様ですね。パスポートをお願いします。彼はパスポートをカウンターの上に差し出した。係員はパスポートを開き、節夫の顔を一度、二度と見返した。三度目に見直した時、彼はちいさくタメ息をついて言った。

「その写真は二年前に撮ったもので、ずいぶんと太っていたんです。今はそれに髯《ひげ》も剃《そ》ってしまっているから……、生年月日を言いましょう。一九××年×月×日、四十九歳です」

節夫の言葉に相手は白い歯を見せ、大丈夫ですよ、と笑った。係員はパスポートを返しながら、本日はエコノミーの席は空《す》いていますのでゆっくりお乗りいただけますから、とチケットを渡した。相手の顔には写真と実物の違いに納得していない表情が残っていた。

彼はイミグレーションにむかって歩き出した。妻と子供たちが待つリスボンに帰ろうというのに、ひどく足取りが重かった。父の看病、葬儀、納骨とあわただしい日々が続いたが、ポルトガルの日々の仕事に比べれば別に疲れるようなことをしたわけではないのに、数日前から身体《からだ》ぜんたいがだるくてしかたなかった。なにか身体の中に重い石があるようなけだるさに襲われていた。

リスボンの自宅に母のミエコから電話が入ったのは、去年の年の瀬だった。

母が直接、節夫に電話をかけてくることはめったになかった。たいがいは姉のミサトがかけてきて、彼が母に電話をかけ直した。姉からの電話とて年に数回ある程度で、毎日仕事に追われて家を空けていることが多い節夫に代って妻のレイコが電話を受けていた。その日は妻と子供たちが日本人学校のバザーに出かけ、彼は珍しく一人で家に居た。

「Ａｌô《アロー》！　Ａｑｕｉ《アキ》　é《エ》　Ｎｏｍｕｒａ《ノムラ》」

彼は電話を取って言った。

「セツヲや？　元気にしとるかね」

田舎訛《なま》りと語尾が上がり調子になる独特の母の声に、五年前に故郷の駅で別れた折のミエコの老いた顔が浮かんだ。

「どうしたよ？　よう自分で電話をかけられたの。何かあったかや」

「…………」

母はすぐに返答しなかった。嫌な予感に彼は折り返し電話をすると告げた。

「いや、このままでええ。実は父さんが何ひとつ食べんようになってしもうて……」

「何も食べないってどういうことだよ？」

糖尿病を患って寝たり起きたりの生活になっている父の姿が脳裡《のうり》をかすめた。

「十二月の初めに遅い台風が来たんよ、その前後じゃったと思うんじゃけど……」

母の話では、父のコウゾウがいっさい食事を摂《と》ろうとしなくなり、薬を呑《の》むことも拒絶して寝たままでいるということだった。

「また入院させればいいじゃないか」

「病院へは行かん、と言うとるの」

「それで身体の方は？」

「どんどん痩せていっとる」

「何ひとつ食べようとせんのかね」

「水だけは少し呑みなさる」

「ミサト姉《ねえ》は何と言うとる？」

「ミサトが言うても、口もきかん。病院の先生とも通いの看護婦さんともいっさい口をきかん。今は私にも何も言わんようになった。どうしたらええのじゃろうか……」

母の大きなタメ息が受話器から洩《も》れた。

「俺が少し話してみようか……」

「そうしてみてくれるかね。このままちょっと待っとってよ」

父に何事かを告げる母の声がした後、父は受話器を放《ほう》り投げた。

節夫は姉に連絡を取り、詳しい事情を訊いたが、母と同じ説明を受けただけだった。

「何か理由があるのかな？」

「口をきかんのだから理由はわからんでしょうが。このままやと死んでしまう言うても表情ひとつ変えん。死にたいのと違うのかね」

姉の口調からは、父の奇行に対してなかば投げやりな心情と、彼女の長年にわたる父への憎悪が伝わってきた。節夫もまた父と長い間、確執が続いてきた。彼が放浪するように日本を離れたのも、父と違った生き方をしたいという願望からだった。そんな二人がようやく和解したのは節夫がポルトガルでレイコと出逢《であ》って結婚し、息子と娘が生まれ、里帰りをした頃からだった。父はポルトガルに一度行きたいとまで言い出したほどだ。

姉との話で、もうしばらく様子を見ようということになったが、年が明けても父の拒絶はいっこうに変化する兆しはなかった。意識が朦朧《もうろう》とすることが多くなったと聞いて、節夫は帰国した。

彼が想像していたほど父は憔悴《しょうすい》しているように見えなかった。大柄な体軀《たいく》の男であったが、元々、痩身《そうしん》で肉の薄い体質の身体と顔付きをしていたから、蒲団《ふとん》に横たわってはいるものの天井の一点を見つめたままの顔には、三十日余り、一回の食事も摂っていない病人の印象はなかった。

「父さん、セツヲが戻ってきましたよ」

母が父の手に触れながら耳元で言った。

「今、帰りました。どうしましたか？」

彼は父の症状を知らぬ振りをして、笑って声をかけた。その瞬間、父の目玉が節夫の方にゆっくりと動いた。それを見て母が笑い、ほれっ、セツヲですわね、と嬉《うれ》しそうに言い、やあ、ひさしぶりやね、と節夫は蒲団のかたわらにどんと胡坐《あぐら》をかいた。しかし間近で見直した父の目は彼を見ていなかった。その目は焦点を失っていた。

——そこまで衰弱してると、身体中おかしくなってるだろうな。腎臓《じんぞう》の機能も低下してるだろうし、壊疽《えそ》の兆候として手足には痺《しび》れが出るだろう。眼底出血もあるだろうし、白内障も進んで視力はもう失《な》くなってるかもしれないな。いずれにしてもそんなふうにしていると、死は間違いなく早まるよ。

リスボンを出発する前、友人の日本人医師に父の状況を話し、このままだと父の症状がどうなるかの説明を受けていた。

黄ばんだ瞳《ひとみ》がうつろに動いていた。父の目は何も見ていない、と思った瞬間、節夫はその目が見つめているものが死だと実感し、唇を噛《か》んだ。

「セツヲが帰ってきたよ。ほれ手を握ってやって」

母が節夫の手を取って父の手にさわらせようとした。彼はやんわりと手を引っ込めた。彼には母がするように父の身体に触れることができなかった。世間の父と息子にあるような父子の情を感じた記憶を持たなかった。ものごころついてから父と二人で何かをしたり、言葉を交わした思い出もない。少年の時から家に居る父をほとんど見たことがなかった。母と姉を怒鳴り、殴りつける姿だけが、父の記憶だった。しかしなぜか節夫にだけは手を上げなかった。

三日目になっても、四日目になっても父は眠っているか、目を覚ましても無表情のままだった。

——やはり死のうとしているのか。あれほど精力的に生きてきた男が、なぜだ？

血管の浮き上がった八十一歳の大きな手を見つめていると、この手が母たちに暴力を振《ふる》っていたとは思えなかった。それでも時折、通いの看護婦が父が寝ている隙《すき》に刺した点滴を引き千切るようにして外すのを目にすると、陰惨な過去がよみがえった。そんな行為を目《ま》の当りにすると、母は深いタメ息とともに同じ言葉を口にした。

「なんでこんなふうになさるんじゃろうか。セツヲ、なんでじゃろうか」

彼には返答のしようがなかった。

「あんなに食べることにうるさい人じゃったのに、なんで食べなさらんのじゃろうか。ミサト、なんでじゃろうか」

姉も無言だった。彼女の沈黙には父の死を冷徹に眺めているような感情が伝わった。姉が父を恨むのは、彼女の最初の結婚に原因があった。

父、ノムラコウゾウは事業欲の旺盛《おうせい》な男だった。若い頃は、故郷大牟田《おおむた》の石炭を運ぶ船の荷役の仕事をし、その関係で瀬戸内海を往来する船の荷を請け負う事業を興《おこ》した。朝鮮動乱が勃発《ぼっぱつ》、戦争特需でコウゾウの事業は拡大し、彼は特需長者となった。その頃、母、ミエコを娶《めと》り、下関《しものせき》に居を構えた。ミサトが誕生し、続いて節夫が生まれ、一家は幸福に見えた。ところがコウゾウには九州の時代に娶った嫁と子供がいた。重婚であるが、コウゾウはかまわずにふたつの家を行き来した。そんな折、請け負った荷を満載した船が海難事故に遭い、会社は倒産した。コウゾウは失踪する。ミエコは幼子を抱いて働きに出た。八年後、突然、コウゾウはあらわれ、外材の輸入会社を興す。折からの建築ブームで会社は発展する。節夫が九歳の時、コウゾウに大牟田の家族とはまた別の家族が広島にいるのが発覚した。親戚《しんせき》の者がミエコに離縁をすすめたが母は拒否した。たまにしか家に戻らない夫のために妻は家を守り、子を育てた。外材の輸入は新建材の製造へとひろがって大きな利益を上げ、コウゾウは再び船に手を出す。今度は、自前の船を買い、海運業をはじめた。派手な船の御披露目があり、台湾、南方諸島との海運業へ拡大した。順調に思われた事業が、新建材のブームが去り、やがて日本中を襲ったオイルショックで、二度目の倒産をする。厖大《ぼうだい》な負債を負ったコウゾウはまたも失踪する。その失踪の前に、コウゾウは倒産を逃れようと、或る金満家に姉のミサトを養女に出す。養女とは名ばかりで娘を好色な老人に売り飛ばしたのだった。その後、ミサトは四十歳年上の老人の嫁となる。姉が父を許さないのはこの結婚に対してであった。

暖冬の一月はまたたくうちに過ぎた。

節夫は外出することもなく母と交替で父のかたわらですごした。

なぜ食べようとしないのか。なぜ生きようとしないのか、という問いは母の口から失《う》せ、淡々と時間を見つめる日々になっていった。

二月になったばかりの朝、庭先で百舌《もず》がしきりに鳴く声がした。激するように響く音色が居間の静寂に似合っていた。背後で障子戸が開く気配がして、セツヲ、朝食《ごはん》の支度ができちょるよ、と母の声が続いた。

「あまり腹が空いとらんから昼にしよう」

「あんたまでがおかしなことを口にせんで」

母の手が左方から伸びて、粥《かゆ》を載せた盆が枕元《まくらもと》に置かれた。

「あんなに食べることにうるさかった人がこうなるもんかね。死のうと思えば死ねる時が何度もあった人なのにね……」

節夫は母を見た。水で夫の唇を濡《ぬ》らし、じっとその顔を見入る母の目がどこか笑っているふうに映った。

味噌汁《みそしる》が冷《ひ》えてしまうから……。母の足音が遠ざかった。枕元に置いた盆の粥から立ち昇る湯気が線香の煙りに思えた。

――死のうと思えば死ねる時が何度もあった人なのにね……。

耳の底で母が今しがたつぶやいた言葉がよみがえった。目をつむったままの父を見ながら、節夫は自分が父のことを何も知らないのではと思った。二度の倒産、度重なる失踪、重婚……、たしかに世間の父親とはかけ離れた生き方をしているが、父の本当の姿がどこにあるのか、これまで考えたこともなかった。

節夫の中に長く生き続けていた父の姿は悲惨なものしかなかった。それは大学時代、学生運動にかぶれた節夫が公安に逮捕され、父が田舎から身柄を引取りにきた日の夜、京都のアパートで殴り合いをした時の憤怒したコウゾウの姿だった。それが唯一、父から殴られたものだった。

わりゃ、青臭いことしやがって、わしの手で半殺しにしちゃる。二人は罵《のの》り合い、殴り合った。人からこれほど殴られたことも殴ったこともなかった。節夫はアパートを飛び出した。それきり大学へ行くこともなく、街を転々とし、沖縄からフィリピンに行き、そこで米軍基地建設の労役を三年した後、ヨーロッパに渡った。北欧からソ連へ、フランスからスペインへ、そしてポルトガルで日本人の経営する商社で働くようになった。二十年近い放浪の末、四十歳になろうかという頃、現地で通訳をしていたレイコと結婚した。男児、女児と子が生まれ、人並みの家庭を持った。どこかに父のような非道な男になりたくないという感情があったのかもしれない……。

——この人の本当の姿はどこにあるのだろうか、二度の失踪の間、どんな生き方をしていたのだろうか……。

節夫は眠り続ける父の顔を眺めながら、自分が知る限りの父の記憶を辿《たど》りはじめた。

いつの間にか百舌の声が止《や》んで、吹き抜ける木枯らしが障子戸を揺らしていた。

その夜、母が節夫にリスボンの家族のことを訊いた。

「おまえは家族を連れて戻ろうかと言うとったけど、どうなったのかね」

「あいつらは戻りたくないらしい」

彼は眉間《みけん》に皺《しわ》を刻んだ。

一年半前、妻に帰国の意思を告げたが冷淡に拒絶された。子供たちに打ち明けたが、日本が嫌いだと言われた。その時初めて、自分が家庭の中で浮き上がった存在だとわかった。妻から離婚を口にされた。家の中が寒々しく思えはじめた。

節分の前夜から雪が降りはじめた。

瀬戸内海沿いの街に雪が降るのは年に数度しかなかった。白いものが舞うのを目にしても降り積むことはめったにないのだが、珍しく節分の朝は庭が雪化粧をした。

雪に反射した朝の陽射《ひざ》しがガラス越しに居間の中を光であふれさせていた。

父の顔が艶《つや》めいて見えた。父が目を開けた。それまでのうつろな目覚めと違っていた。

「おはようございます。どうですかお加減は？」

節夫は訊いた。返答はなかった。ただ父の目が何かを見ていることはわかった。

その時、突然、父は言葉を発した。

「セツヲ、われはウミガメに乗ったことがあるかや？」

「えっ？」

節夫は思わず父の顔を見返した。ウミガメに乗ったことがあるかとは何のことだ。

「いいえ、ありません」

彼はあわてて返答し、父の顔を覗《のぞ》いた。父の目は天井の一点を見つめたままだった。台所に行き、母に父が話をしたことを告げると、母はすぐに居間へ駆け出し、父の耳元で盛んに声をかけた。反応はなかった。やがて母は声をかけるのをやめ、目を閉じて首をうな垂れた。残酷な姿だった。

節夫は、その日一日、父のかたわらに居続けた。自分が側に居ることを父がわかっていたことが嬉しかった。しかしそれから続いた沈黙に父の意志が感じられ、彼の失望を深くさせた。

翌日から意識が朦朧とし、昏睡《こんすい》状態が続き、七日後、父は息を引き取った。

通夜、葬儀が終り、納骨には父の故郷の大牟田まで出かけた。


あと数日でポルトガルに出発するという日、母が花見に行きたいと言い出した。笑って花見に行こうと誘う母を見て、節夫は姉と顔を見合わせた。

翌日、三人して海の眺望できる公園に出かけた。花をつけている梅が海風に吹かれていた。冬の澄んだ青空を映した海は春の訪れにひかりかがやいていた。

「もうすっかり春やねえ」

母は海を眺め嬉しそうに言った。節夫には母が陽気過ぎるように感じられた。昼時になり、母は公園の小径《こみち》のロープを跳ねるように飛び越え、芝生の上に新聞紙をひろげ、節夫とミサトを手招いた。二人も芝生の中に入った。風呂敷《ふろしき》包《づつ》みを開くと、三段のお重の弁当と数本の一合酒瓶、それに四合酒瓶が一本入っていた。

さあ、やりましょうや、母は明るく言って、節夫とミサトに切子の盃《さかずき》を差し出した。母も盃を手にした。母さん、お酒なんか吞んで大丈夫なの？　ミサトが訊いた。昔は吞めたのよ、と母は笑い、一合瓶の栓を開け節夫の盃に酒を注《つ》いだ。節夫が酒瓶を取って母の盃にむけると、母は両手で盃を持ち、拝むように酒を受けた。そうして一気に盃を呑み干した。二人は呆気《あつけ》にとられて母を見た。母は饒舌《じようぜつ》だった。それが酒のせいなのかどうかは節夫にはわからなかった。時折、黙り込むと母は海を眺めていた。

「母さんが亡くなると骨はどこに納めればいいのかしら?」

ミサトが訊いたが、母は返答しなかった。

「ねえ、母さんが死んだら……」

「そんなもの、海へでもばら撒《ま》けばええ。ほれっ、あの岬《みさき》のむこうに煙突が見えるでしょうが、あの辺りに造船所があって、父さんの船の竣工式《しゆんこうしき》があったのよ。船の上で宴会をやったでしょう。あんたら覚えておるかね」

節夫は首を横に振った。

「覚えておらんの? 大勢の人がお祝いに駆けつけて、それはたいそうなもんじゃった」

「そんなことがあったかのう?」

節夫がミサトに訊いていると、母は着物の襟元からちいさな封筒を出し、中から二葉の写真を差し出した。色褪《いろあ》せた写真には船の上に乗った大勢の人たちが写っていた。もう一枚の写真は、父と母とミサト、節夫の四人が甲板の上で笑っていた。父と節夫は水着を着ていた。

「海水浴に行ったのか?」

「そうよ。父さんの船に乗って行ったのよ」

節夫には、その夏の日の記憶がなかった。

海風が山風にかわり、そろそろ引き揚げようとする時、母が最後に残った四合酒瓶をいきなりラッパ呑みしはじめた。ちょっと母さん、姉が止めようとすると、母は喉を鳴らし、唇を手で拭って言った。

「いや、水が一番美味《おい》しいわ。父さんも最後に一番美味しいもんを口にして死んだのね」


カウンターの女性が話していたとおりエコノミークラスの座席に客の姿はまばらだった。

日本人スチュワーデスが毛布を数枚持ってきて、肘《ひじ》当《あ》てを上げて横になられてもかまいませんから、と言ってくれた。気立ての良さそうな女性だった。

飛び立ってしばらくすると食事が出た。食欲がなかった。食事をそのままにしておき、正面のスクリーンに映し出された航空会社の広告フィルムを見ていた。沖縄の海が映し出されていた。コバルトブルーの海と魚の群れの中を泳ぐ若い女性が画面を横切った。美しい砂浜を空から撮った画面にかわった。その時、節夫は、公園の芝生の上で母が見せてくれた父と自分が水着を着て写った写真を思い浮かべた。

——父と泳いだことがあったのだろうか。

そうつぶやいた時、澄きとおった海を上方から眺めていた光景がよみがえった。

そこにウミガメの姿があった。

あっ、と思わず節夫は声を上げた。

ウミガメと戯れている大きな男の姿が見える。父だった。少年の節夫は何か大声で甲板の上から叫んでいる。父が節夫を仰ぎ見て手招いていた……。

「お客様、少し召し上がった方がよろしいですよ。長いフライトになりますから」

先刻のスチュワーデスが言った。

「そうだね、ありがとう」

返答はしたものの食欲はいっこうに湧かなかった。ウミガメのことがわかった途端、彼は急に脱力感に襲われた。父が何も食べようとしなかった理由は誰にもわからない気がした。もしかして父自身にもはっきりとした理由はなかったかもしれない。あの行為は生きることを拒絶するようなことではなく、父の身体から何かが消滅したのではないのだろうか。扉を押し開いたり、前に進んだりする単純な行為さえできなくなったのではないか。

「やっぱり召し上がれませんか？」

節夫がうなずくと、スチュワーデスは食事を下げ、グラスに入った一杯の水をテーブルに置いた。

彼はじっとその水を見つめていた。

節夫はトイレに立った。すでに機内は灯が消えていた。トイレの中に入り旋錠すると、急に室内が明るくなった。

用を足したが小水はほとんど出なかった。便器を見つめていると、食べるのをやめればこんな面倒なことをする必要もないのだと思った。手を洗おうとすると、鏡の中に頬が痩《こ》けた自分の顔が映っていた。彼はぼんやりと顔を見つめた。

「おまえ、父さんに似てきたわ。嫌だわ」

葬儀の日に姉が言った言葉が耳の底に響いた。

――たしかにあの人の血が流れているのだろう……。

そう思った瞬間、朝からずっと感じていた身体の中の石のようなものが父から渡されたものではと思えてきた。喉の奥から苦いものがこみ上げてきて、口にひろがった。早くここを出なければ……、そう思ってドアのノブに手をかけたのだが、節夫の腕は萎《な》えたように垂れ下がっているだけだった。

階段

瀬戸口雄介《せとぐちゆうすけ》は、その日、正午を回ってから七日振りに海辺へ出てみることにした。ひさしぶりに東京へ行ったのだが、戻ってみると、ひどく気が滅入《めい》ってしまい四日ほど家の中でじっとしていた。

三年振りに出かけた東京で格別嫌なことがあったわけでもなかった。用と言えるかどうかわからないが、或る友人の墓参に行こうと家を出た。日帰りにするか、さもなくば一泊してもいいくらいのつもりで、宿の予約もせず、午後の新幹線に乗り込んだ。

夕刻前には品川《しながわ》駅に着いたが、予期していなかった雨が予定を狂わせてしまった。環状線に乗り、代々木《よよぎ》駅で下車し、昔、よく泊っていた駅のそばにある簡易ホテルまで雨の中を歩き出したのだが、ホテルは跡形もなく消えていた。最初、瀬戸口は自分の記憶違いだと思い、見覚えのある大通りまで引き返し、ホテルのあった場所を確認してみた。進学塾の建物があり、その裏手にホテルはあったはずだ。先刻とは逆のルートで注意深くそこを目指したのだが、まるで違う景色の場所に出た。東京では昨日まであったビルが壊されると、翌日にはそこにどんな建物があったのか思い出せないことがしばしばある。だがそのホテルは半年余り暮らしていたこともあるホテルだった。

四十五歳を過ぎてから彼の記憶はひどく曖昧《あいまい》になりだした。ただ一人の身内だった母が亡くなり、瀬戸口の日常はひどく平坦《へいたん》なものになった。変化がなくなった。では母が生きている間は日々変化があったかと考えると、朝夕、母の喘息《ぜんそく》のせわしない咳《せき》と付添婦の何やらくぐもった声がするくらいで、他には何もなかった。それでも同じ屋根の下に他人が居ることは何かが違ってはいた。変化のない日常には記憶というものが働く必要がないのかもしれない。

雨の中を歩き回ったお陰で、彼はずぶ濡《ぬ》れになり、薄汚れたビジネスホテルの部屋に入った時は、すでに微熱が出ていた。三日ほどベッドに横になり、墓参はしないで帰ってきた。

墓参には行けなかったが、彼は半日、友人と昔よく遊んだテニスクラブを見に出かけた。それを墓参の代りにしようなどと考えたわけではないが、彼にしては珍しく懐旧の情が湧いた。それは懐旧というより、郷愁に似た感情に思えた。クラブのある広尾《ひろお》、六本木《ろっぽんぎ》界隈《かいわい》を訪ねて驚いたのだが、六本木の或《あ》る一角が街ごと失《う》せ、見上げるほどの高層ビルにかわっていた。

——簡易ホテルひとつ消えてしまうはずだ。

彼は六本木通りをそぞろ歩きながら思った。

家から海辺に出るのに彼はいつも岬《みさき》の東方の径《みち》を海にむかって歩くことにしていた。

もっと早く海に着ける径もあったが、新興住宅街の中を通り抜けなくてはならず、彼が海へ行くのはたいがい正午過ぎだったから、大人の男が日中から女、子供しか居ない場所をうろつくのは具合いが悪かった。

「もっとちゃんと歩いて下さらないと、いつまでたっても着けないじゃありませんか。映画がはじまってしまっていたら、私、許しませんよ」

彼は昔、よく妻にそんな言われ方をした。

妻は目的地にむかって足早《あしばや》に歩く女だった。何をするにつけても手際良く行動しなければ済まない女で、ひとつのことを片付け、次を片付け……、そんなことばかりをくり返していた。映画を観《み》るにしても、笑う処《ところ》で笑い、泣く処で泣き、エンドロールがスクリーンに流れはじめると、撥《は》ねあげられたように椅子から立ち上がった。彼は映画にまったく興味がなかった。名画と呼ばれるものでさえ、なぜこんなシーンで人が笑ったり泣いたりするのか理解できなかった。映画のカットとカットのつながりも、妻の片付けも同じに思えた。

ゆっくりと蜜柑《みかん》畑《ばたけ》の脇の径を歩いた。やや下り坂になった径に海からの風が静かに昇っていた。彼の家は丘陵地の中腹にあったから、家を出た時に重い気分であっても足は楽に進んだ。やがて岬へ続く階段が見えてきて、所々石の崩れかけた石段を注意深く登った。登り切ると、そこにはちいさな祠《ほこら》があり、祠に並ぶようにして平《ひら》たい石があった。彼はそこに腰を下ろし、いつものように煙草《タバコ》を取り出し一服した。吐き出した煙りが海風に攫《さら》われ山の方に流れた。座り心地のいい石だった。

まだこの街に移り住んだばかりの頃、散策のルートにこの祠の前の径を見つけ、石に座って一服していたことがあった。そこへ、老人が一人あらわれ、お前の尻《しり》の下にあるのは御神石《ごしんせき》じゃ、と咎《とが》められたことがあった。すぐに立ち上がって、その場を去ったが、誰もいない時は石に座って煙草をくゆらせた。威圧的だった老人に対して反抗しているわけではなかった。彼はこの世の、およそ神と称される者や彼らの力、慈愛といった類《たぐ》いのものを、生まれてこのかた信じたことはなかった。神を冒瀆《ぼうとく》もしなかったが畏敬の念を抱いたこともない。慈愛といったものにはいささかの嫌悪さえ抱いていた。

彼は煙草を呑《の》みながら、この四日ばかりひどく気が滅入っていた理由を考えたが、思いあたる節がなかった。この先こうして少しずつ己の時間が鬱積《うっせき》したものになるのだろうと思った。

――東京での三日の間に何かあったような、なかったような……。

また思いをめぐらせようとしたが、そう思うことさえが鬱陶《うっとう》しくなった。

彼は径の前方を見た。十数メートル先で径はふた手に岐《わか》れ、右手は岬の東方を回って海へ出る。左方は坂道になり、市中にむかう。左方の坂下を一人の若者が鞄《かばん》を振りながら所在無さげに歩いていた。高校生のようだ。煙草を捨てて立ち上がると、若者が瀬戸口の姿を見つけたのか、急に立ち止まってこちらを見ていた。彼も相手を見た。制服の襟元を外している。授業をサボって学校を抜け出したのだろうか。彼の立つ場所からは若者の顔立ちははっきりと見えなかった。十五、六歳だろうか、反抗的な若者の態度がどこか清らに映った。二人はしばらく互いを確認し合うように見つめ合っていたが、若者が顔を背け、市中の方に歩き出した。そのうしろ姿を春の陽射《ひざ》しがまぶしく照らしていた。

海に出てみると、想像していたより風が強かった。彼は砂浜を西にむかって歩き、砂地が途切れて岩場にかわる場所で、岩に腰を下ろした。

海面の所々、兎《うさぎ》走《はし》るように白波が立っている。水平線は霞《かす》む空にまぎれてぼんやりとしていた。淡い水平線上に停泊中の貨物船らしき一艘《いっそう》が鋲《びょう》を打ったように浮かんでいた。沖の強風のせいか、船影は蜃気楼《しんきろう》のようにゆらいでいた。じっと見ていると、彼にはそれが人影に思えてきた。若者の人影に似ていた。先刻、見かけた若者の残像がそう思わせたのかもしれない。

やがて幻影が、一人の少年の面影と重なった。その少年の姿がよみがえったのはひさしぶりのことだった。

瀬戸口は何か特別こだわらなければならない過去を持っていなかった。失踪した妻のことでさえ今では思い出すこともなかった。そんな過去の記憶の中に、妙なものがひとつだけあった。しかしその記憶でさえ、彼の五十二年の人生に何か特別な関《かか》わりを持ったものでも、この先においてなんら関《かか》わりを持つものでもなかった。

一人の少年が夕暮れの公園を歩いていたのを見かけた。それだけのことで、少年と言葉を交わしたわけでもないし、名前さえも知らない。なのに三十数年の時間が経過した今も、その少年の歩く姿と、凛《りん》とした声が、彼の胸の奥深くに失せずに残っていた。妙なことだと、彼も思う。

三十五年前の秋、高校二年生だった彼は四国、愛媛県で開催された国民体育大会に都のテニスの代表として出場した。

小学生の時から、父が所属していたテニスクラブでコーチについてテニスを習っていたせいか、中学校のテニス部に入部した時は一年生でレギュラーになり、都の大会でいきなり準優勝した。父は喜び外国にテニス留学をさせるとまで言い出した。

代表選手として松山《まつやま》に行くことが決ると、母は彼に伯父と逢《あ》ってくるように言った。伯父は、当時、松山にあった造船工場の工場長として東京から単身赴任していた。大会が終って、彼は伯父の家に泊った。その折、伯父はたった一人の甥《おい》を能の鑑賞に連れて行った。薪能《たきぎのう》だった。彼は生まれて初めて見る幽玄の世界に魅せられた。能を鑑賞した後で料亭に行き、その席で伯父に、能はいつの時代からあるのかと訊《き》いた。伯父は甥の質問に呆《あき》れ果てたような顔をして、返答もせず、大学に進学してからは父のようにテニスやスキーばかりをして過ごさぬようにと険しい表情で言った。伯父が小用で席を立った時、彼はかたわらに居た料亭の女将《おかみ》に、能はいつもあんなふうに公園の小屋でするものかと訊くと、あれは小屋ではなく能舞台だ、と言われた。伯父から家の様子を訊かれ、相かわらず父が不在の家で母と暮らしていると答えた。彼の父は大手の郵船会社に勤務していた。父は若い時に会社で不祥事を起こして以来閑職にあるのを、彼は親戚《しんせき》の噂 話《うわさばなし》から聞き知っていた。実際、父は出張、休暇と称して、夏はヨット、テニス、冬はスキーに出かけて、家に居ることが少なかった。

翌夕、彼は一人で昨夜、能を観た場所に出かけてみた。松山という街が気に入っていた。どこがどういいのかはわからなかったが、古い街並みを歩いていると妙な安堵《あんど》が湧いた。

それは東京で生まれ育ち、故郷というものを意識できない十七歳の若者の内に在った郷愁のようなものが、この土地に漂っている何かとつながり合ったのかもしれなかった。そんな安心感はそれまで一度も体験したことがなかった。

松の木がトンネルのように頭上に枝を伸ばした石の階段を昇り、左に折れると、そこに昨夜の広場と能舞台があり、開け放った舞台の上で何人かの男衆が稽古《けいこ》をしていた。本舞台を踏み鳴らす足音が鼓の音色のように周囲に響いていた。夏の名残りの蜩《せみ》しぐれと鼓の音色が彼の身体《からだ》をつつんだ。彼は能舞台から少し離れた場所にあったベンチに座って、稽古の様子を見ていた。他に何人かの見物人がいた。

昨日は夜だったので気が付かなかったが、能舞台の上には立派な屋根がかかり、男衆たちが立ち動く板張りの床の奥に色あざやかな松の絵が描いてあった。美しいものだ、と思った。

かたむきはじめた秋の陽が、能舞台とその裏手に立ち並ぶ杉木立をあざやかな朱色に染めていた。彼はしばしの間、その美眺《びちよう》に目を奪われ、稽古が終ったこともわからなかった。広場の灯《あか》りに火が点《とも》った時、薄闇が周囲に忍び寄っていた。舞台の周りに数人の男たちが屯《たむ》ろしていた。彼は腕時計を見て、とうに伯父との約束の時間が過ぎているのに気付き、あわてて立ち上がった。

その時、舞台の左方にある建物から一人の若者が出てきた。

白いシャツに白いスカーフを首に巻き、右手に包みを持って、若者は颯爽《さつそう》と歩いてきた。かろやかな歩み、敷砂利を蹴る足音、背筋を真《ま》っ直《す》ぐに伸ばした凜々《りり》しい姿勢に、思わず見惚《みと》れた。その美しい歩調を見ていると、女の人なのか……と一瞬思ったが、すれ違おうとする仲間らしき男と交わした声を聞いて、相手が自分とさして歳《とし》の違わない少年だとわかった。

耳の奥にまで響き渡るような声だった。高く澄んだその声に彼は妙な衝撃を受けた。

「ごきげんよう」

少年は最初にすれ違った相手に、その言葉を告げると、少し先で屯ろする男たちにも、ごきげんよう、ごきげんよう、とはっきりした声で挨拶した。

そうして少年は階段へと続く闇の中に消えた。

たったそれだけの記憶である。澄んだ声と凜とした歩き方。そうしてかすかに覗《のぞ》き見た気がする白い横顔と切れ長の目……。ほんの数秒、前を斜めに通り過ぎた少年の姿と声が、彼の胸の奥にはっきりと残った。百以上の季節が過ぎた今も、少年の声が耳から離れないでいた。

「ごきげんよう」

あの張りのある声がよみがえると、瀬戸口はなぜか身体の芯《しん》のような部分が熱くなり、まぎれもない快感を抱いた。その快感が、闇の中に消えようとするうしろ姿と重なると、まるで魂が抜けたように得体の知れない哀《かな》しみが襲い、彼を不安にさせる。

幻影は、いつも不意にあらわれた。出現しない時は三年、五年と、その存在すら忘れている。なのに突然の訪問客のように少年は彼のもとに帰ってきた。快楽と喪失、この奇妙な感情の交錯は、その度に彼を戸惑わせた。

数人の若い男女が波打際で戯れていた。

その声が風に乗って、彼の居る岩場に届いた。風の強い分だけ陽射しは強かった。頬や耳朶《みみたぶ》、手の甲に当る陽光は真夏のように鋭く、じりじりと肌が灼《や》けていくのがわかった。普段ならとうに家に引き揚げているのだが、数年振りに見た少年の幻影と、ここ数日の憂鬱《ゆううつ》な気分とは関りがあるような気がした。

唇に滴《しずく》が落ちた。天気雨かと空を見上げた。指で拭うと鼻水が垂れている。あの雨の中をうろつき回り、引いた風邪《かぜ》がまだ治らないでいた。代々木のホテルの件もそうだが、六本木のあの高層ビルはやはり異様に思えた。

テニスクラブのある有栖川《ありすがわ》公園から材木町《ざいもくちよう》にかけての通りは驚くほど様がわりしていた。彼が遊びを覚えはじめた頃、あの通りは東京のどこにでもある商店街だった。八百屋、魚屋、肉屋、米屋、酒屋、洋品店、仕立屋、靴屋、履物店、建具屋……、その中に食堂や小綺麗《こぎれい》な喫茶店があった。通っていた喫茶店のマスターの顔が脳裡《のうり》を過《よぎ》った。

——街と人が消えていくのか……。

そう思った途端、あの通りの六本木寄りにあった一軒の酒場の階段がよみがえった。古い雑居ビルの薄暗い階段だった。三階まで昇り、扉を開けると店の中はなお暗かった。その暗がりに赤いドレスを着た女が一人、美しい脚を組んで、瀬戸口を待っていた。

ハルミである。切れ長の、黒蜜のような眸《ひとみ》が彼をじっと見ている。胸元の大きく開いたドレスから白い肌と豊満な乳房を覗かせていた。

やあ、待たせたな。瀬戸口の声にハルミはただ微笑を浮かべるだけで、見据えた眸を動かさない。これほど美しいハルミが女でないことが、若い瀬戸口には信じられなかった。

「快楽というものはね、ユウちゃんが考えてるみたいに単純じゃないのよ。観念じゃダメ。男と女は上辺《うわべ》しか見ないもの。もっと奥に本当の快楽は隠れてるのよ。鬼ごっこよ。快楽の鬼を見っけなきゃ」

そう言ってハルミは口紅を塗り重ねた唇をすぼめるようにして瀬戸口を誘った……。

ハルミのことが、あの通りを歩いていた時、よみがえっていたのかもしれない。あの日、六本木界隈をそぞろ歩いた時、何か、誰かの声を聞いた気がして立ち止まった。周囲を見回したが、それらしき人影はなかった。

――あれはひょっとしてハルミが呼んだ声かもしれない。

ハルミとの交際は、瀬戸口が十八歳の時から二十数年続いた。

瀬戸口は、高校二年でテニスを退《や》めた。伯父の忠告に従ったわけではない。或る午後、コートの中に立って、秋空を見上げた。澄んだ空だった。周囲を見回すと、光のあふれる中で笑ったり、飛び跳ねたりしている生徒たちの姿が人形のように見えた。急に薄気味悪くなった。自分がそこに立っていることに恐怖心が湧いた。こんなに光があふれた世界で、これからずっと生きていけるはずはないと思った。彼はラケットを放《ほう》り出してコートを出て行った。

不登校がはじまり、夜の街に出るようになった。仲間はできたが、彼は仲間と連《つる》んで街を徘徊《はいかい》しなかった。そんな時、ヨシミと名乗る女に逢った。ショートヘアーで、当時の最先端のファッションに身を固めた彼女の周囲には男たちが群がっていた。ヨシミが男だと知ったのは、取り巻き連中と一緒に湘南《しようなん》に遊びに行った夜だった。彼を誘惑するヨシミを拒絶した。逆上したヨシミとの仲裁に入ったのがハルミだった。ヨシミとハルミは同じ店に勤めていた。材木町の雑居ビルの中にある、その店に遊びに行くようになった。店が終った深夜からハルミと二人で遊び回った。ハルミの恋人と三人で旅に出たこともあった。いつしかハルミと奇妙な同棲《どうせい》生活がはじまった。陽の光が嫌いだというハルミとの生活はいつも薄闇の中で時間だけが移ろった。ハルミに新しい恋人ができ、彼女は関西に行った。それを機に、彼は両親に説得されたこともあり一年遅れて大学に入学した。

大学を卒業し、大手の銀行に就職し、ごく普通のサラリーマン生活を送っていた。数年が過ぎた冬、六本木でばったりハルミと再会した。少し大人びて、所作も言葉遣いも磨かれていた。いきなり、××××ができたのよ、と彼女は中近東での性転換手術を嬉《うれ》しそうに報告した。またハルミと遊ぶ暮らしがはじまった。瀬戸口は彼女の年齢も知らなければ本名も知らなかった。彼は三十歳になった時、見合結婚した。すでに父は亡くなっていた。妻と母の折り合いが悪く、彼は新居と実家を往復した。

「奥様を可愛《かわい》がってあげてるの？　ユウちゃんはダメよ。何にでも身をまかせてしまうから。流れてきたら腐った木でさえ抱いて一緒に流されてしまうんだから。人と人がつながる時には、そこにしかないものがあるのよ」

逢う度に説教するハルミを見ながら、彼にはハルミも同じ暗い穴に棲《す》むムジナに思えた。

二人は肉体がつながることはなかったが、互いが裸になって戯れることはあった。

ハルミは妖艶《ようえん》な裸体をくねらせて誘惑した。しかし彼女の目は彼の裸体を見ていなかった。それは瀬戸口も同じだった。互いが相手の肉体を人形のように扱っていた。

逢わなくなれば一年、二年と間が空いた。

最後にハルミと逢ったのは、七年前の春だった。妻が失踪し、数年後に母が亡くなった。店を訪ねた晩、ハルミは彼を自分の部屋に誘った。若い時代の羨《うらや》むような住いではなかった。

「そう、ユウちゃん、本当に独りになったのね。私は今、恋してる男がいるの……」

ハルミの下瞼《したまぶた》は整形手術のせいか肉が垂れはじめ、指や手の甲にシミが浮いていた。それでも所作は相かわらず美しかった。朝まで二人で呑み明かし、二日後にハルミは死んだ。死体が発見されたのは二週間後だった。瀬戸口がハルミの死を知ったのはそれから半年後だった。

海はすっかり昏《く》れ泥《なず》んでいた。

三河《みかわ》港を望む、このちいさな街に一人で引越してきたのは四年前だ。瀬戸口は湾の対岸に点りはじめた家灯りを見ながら、若い時、ハルミと、今度住むならどんな街がいいかと話したことを思い出した。パリ、モナコ、ハワイと勝手な話をした後で、ハルミが思い出したように言った。

「四国の松山がいいわよ。あそこは海も温泉もあるし」

「俺も一度、高校時代に行ったことがある。何だかいい街だったな。うん、あの街はいい。でもどうして松山なの？」

「子供の頃、松山にいたんだもの……」

瀬戸口はそんな昔の会話をどうして今、鮮明に思い出したのかわからなかった。松山がいいわ、とどこか懐かしげに言ったハルミの横顔と切れ長の目までがはっきりとよみがえった。

その横顔が、能舞台のある公園で一瞬だけ見た、あの少年の横顔に瓜《うり》ふたつだった。

まさか……、彼は、曖昧になった自分の記憶が都合の良い偶然をつくろうとしているのだろう、と苦笑した。

「人と人がつながる時には、そこにしかないものがあるのよ」

ハルミの声が耳の奥でした。

瀬戸口は結局、誰ともつながることができなかったのだと思った。

漆黒の海に階段があらわれた。その階段を一人の少年がゆっくりと下りてくる。

真っ直ぐに伸びた足先はハルミのものでもあるようだし、あの少年の足のような気もする。彼はじっと息を殺して、相手の正体を見届けようとした。

宙ぶらん

逗子《ずし》に住んでいた頃、横須賀線で東京へ出て行くことがあった。

電車が鎌倉から北鎌倉の沢を抜け、大船《おおふな》駅で数分の待ち合わせをした後、ゆっくり走り出すと、すぐに線路は大きく右へカーブする。

その線路際に一軒の家があった。

駅を出たばかりで電車のスピードが上がっていないせいもあり、家の様子をよく見ることができた。家の造りは新建材を使った真四角の簡素な建物だった。

私は電車が、その家の前を通過する度に見逃すまいと窓に顔を寄せた。

家の屋根の上にいかにも手作りと思える看板があった。手書きの、それも素人が下書きをなぞったような文字だった。家の名前は忘れてしまったが、たしか二文字で、××義肢製作所とあった。何しろ二十年前のことなので今となっては、××はおろか、下の名称が正確なものかどうかもあやしいが、ともかくその家で義手、義足を製作しているのはたしかであった。

最初にその看板を見た春の午後、そんな工場があるのか、と少し驚いたが、考えてみれば、義手、義足が必要な人がいるのだから、当然それをこしらえる人は存在し、その作業場に製作所もしくは工場の名称があってもおかしくはない。

電車が戸塚《とつか》、保土ケ谷《ほどがや》……、と走る間も、その家のことがいつも気になった。

やがて電車は多摩川《たまがわ》を渡りはじめる。その頃の横須賀線は今と違って、東海道線と同じ線路を使用していたから、川崎《かわさき》駅を過ぎて多摩川の鉄橋を渡り切る間際に左手にちいさな草野球のグラウンドを電車から見ることができた。鉄橋を渡る時は電車も速度を落していたのか、野球に興じる人たちのプレーを時折見ることができて、丁度ピッチャーが投げ、バッターがヒットを打つシーンを見ることもあった。

義手、義足の製作所の存在を初めて知った日も鉄橋を渡る電車の窓からグラウンドを見ていた。小太りの打者が投手の投げたボールをスイングしポップフライを打ち上げた。その打者のスイングがひどいアッパースイングで片手を放す恰好《かっこう》になっていたので、私には打者が隻腕《せきわん》のように映った。見えなかったもう一方の手はどんなふうになっているのかと車窓に頬を付けるようにしたが、電車はすでに蒲田《かまた》の住宅地に入っていた。新橋《しんばし》の駅に着いてからも、あの家のことと片手打ちの打者の姿がぼんやりと頭の隅に残った。

それからしばらく家のことは忘れていたのだが、その年の夏の盛りに鎌倉の長谷《はせ》にある鮨屋《すしや》の主人と二人で築地《つきじ》の河岸《かし》へ出かけた。その時、家をしっかりと見ることができた。

早朝の電車で乗客もまばらだったので、私は大船駅を過ぎると座席を立ち上がって山側の窓辺に寄り、家をじっくり見ようと立っていた。たしかにその家は義手義足の製作所であった。鮨屋の主人は禁煙車輛《しやりよう》であるのに平気な顔で煙草《タバコ》を呑《の》みながら、何か気になるもんでもあるんですか、と尋ねた。私は家のことは話さなかった。主人は短くなった煙草を足元に放《ほう》って、長靴の先で器用に吸殻を踏み消した。義足ならこう上手《うま》くは動くまいと思った。義手義足をこしらえている家があるんですよ、と私が言い出しても、戸惑ってしまうだろう。実際自分でもどうしてその家に気持ちが引っかかるのかわからなかったし、胸の隅に何やら罪悪感に似た感情が模糊とひろがりつつあった。その感情がどこから湧いてきて、どうなってしまうのかもわからなかった。

その頃、私は定職を持たず、逗子の古いホテルの小部屋に老支配人の親切心で宿賃未納のまま暮らしていた。宿賃どころか食費を工面するのも危うい状態で、ホテルの老支配人や鮨屋の主人夫婦に食事の世話になっていた。

たまに仕事が入っても、あちこちに不義理をしていて、金はそちらに回ってしまいまともな収入はなかった。それでも毎夜酒を呑み、自分がこんなふうにしか生きられないのは世間のせいなのだと憤ったり、かと思うとこうなったのはすべて自分の怠惰な性格のせいで、生きている価値などありはしないと、死ぬ勇気もありもしないのに死んでやろうと夜の海へ出て浜辺をうろつき、とぼとぼと部屋に戻ったりしていた。ともかく酒の勢いを借りねば感情がコントロールできない状態で、酒気が抜けている時は宙ぶらりんで、身体《からだ》の中に芯《しん》のようなものが欠片《かけら》もなかった。

今から思えば、その宙ぶらりんをそのままにして暮らして行けばよかったのだが、それができなかったのは若さのせいというより、子供の時からの性格のせいだったのだろう。

鮨屋の主人と河岸へ出かけて逗子に戻った夜、あの家の中はどうなっているのだろうかと想像した。

……作業場の上に金棒が通され、そこに何本もの手と足がぶらさがっている光景、……二の腕の膨らみ具合い、肘《ひじ》の張り加減、太腿《ふともも》の丸み、ふくらはぎの盛り上がり、踵《かかと》の曲線を研磨している男の背中が浮かんだ。しかし男の目鼻立ちは勿論《もちろん》のこと、顔の輪郭もはっきりしなかった。そのうち浮かんできたものは子供が失敗した似顔絵を鉛筆で書き消したように顔の中だけが黒く塗りつぶされたものだった。

不気味な鉛色だった。鉛玉の顔の男が黙々と仕事をし、彼の足元に不出来の手や足が捨てられていた。どうしてそんな妄想に耽《ふけ》るのか、わからなかった。

夜半、自分も腕なり足なりが切り落されれば少しまともに生きて行けそうな気がして、部屋を出て階下の共同風呂《ぶろ》へ行き、素裸になって脱衣所の鏡の前に立ってみた。腕を背中に回し義手のある上半身を思い描いたり、足首を片手で摑《つか》んで背後に持ち上げ膝《ひざ》から下の義足姿を思い浮かべた。

それから数度、横須賀線に乗って大船を過ぎると、その家を見つめていた。折があれば一度、家の中を覗《のぞ》いてみたい気がしたが、いったん覗いてしまうと何か厄介なことに遭遇しそうで怖《お》じ気《け》づいた。それにそんなものを見たところで何があるのだという気もした。

その奇妙な感情がひょんなことからあらわれたのは、二十年後の冬、大阪へ出かけて或る友人の死を報《しら》されたからだ。

昔、世話になった人にどうしてもと頼まれて中学校の国語の先生のシンポジウムに参加した。途中、差別語の問題で私の曖昧《あいまい》な発言に喰《く》ってかかる若い教師がいて、私も言わずもがなの発言をしてしまった。討論会は混乱し、辟易《へきえき》として退席した。

依頼人は控え室に来て謝っていたが、こちらも予期していたことなのでと礼金をポケットに仕舞って会場を出た。

タクシーを探して公園の前をうろうろしていると背後から声をかけられた。名前を呼ばれたので、先刻の教師ではとうんざりし立ち去ろうとした。×さんと呼んだ方がいいかな、と自分の旧名を言われた。振りむいて相手の顔を見直した。白い歯が覗いていた。目を凝らすと、六十歳前後の短髪の男だった。近づいてきた顔に見覚えはなかった。左手に持った杖《つえ》と右足を引きずるような歩き方で相手のことを思い出した。

昔、神保町《じんぼうちょう》で受験用の参考書を出版していた男で、何度か遊んだことがあった。会社が倒産し、どこかに失踪した噂《うわさ》は耳にしていた。男と天王寺《てんのうじ》へ行き、取り留めのない話をし酒を呑んだ。

帰り際に男の口からYが自殺をした話を聞いた。Yは男を頼って大阪へ来たということだった。私は男を見返した。

Yと私は大学の野球部の同期だった。Yの田舎が四国の松山で、私が山口で同じ西の出身ということで、入部した時から何となく気が合い、休みの日など二人して池袋《いけぶくろ》へ遊びに出かけたりした。

Yの姿を最初グラウンドで見た時、いかにも少年時代から野球を続けていたようなユニホームの着こなしがまぶしく映った。ポジションはショートで三遊間に飛んだゴロを捌《さば》くのが上手かった。捕球してから身を捩《ね》じるようにしてファーストに投げるプレーはレギュラー選手よりも上手かった。

しかし普段のYは色白で、華奢《きやしゃ》な身体付きがYを弱々しく見せているところがあった。上級生の中にはそんなYを殴るのをどこか悦《よろこ》んでいるように見える者もいた。当時の大学の野球部ではシゴキと呼ばれる制裁行為が頻繁にくり返され、陰惨な空気が残っていた。数人に囲まれて殴られたり、夜半までグラウンド脇の草叢《くさむら》で立たされているYを上級生は酒を呑み煙草を銜《くわ》えて見物していた。武蔵野《むさしの》の冬の夜、親《おや》鹿《じか》を殺された仔鹿《こじか》が怯《おび》えて震えているように草叢に立っているYは彼等の鬱憤《うっぷん》の捌《は》け口になっていた。

実際のYの性格は上級生に虐《いじ》められている時の脆弱《ぜいじゃく》さは失《な》く、同級生といる時は、些細《ささい》なことで腹を立て相手を罵倒《ばとう》し脅すような凶暴な性格をしていた。

一度、休日の夜、二人して池袋の西口にあるトルコ（ソープランド）へ入ったことがあった。隣り合わせの部屋で女と遊んでいる時、薄い壁のむこうから女の悲鳴が聞こえてきて、私がYの居る部屋へあわてて入ると、彼は相手の女を殴りつけていた。屈強なマネージャーに締め上げられてもYは平然として女の対応に文句を言っていた。

二年生になった春、Yは上級生を夜間練習場に誘い込み、相手の右腕を合宿所の食堂の出刃包丁で刺した。

野球部OBの実家が合宿所の近くで町医者をしていたのが幸いして、警察沙汰《ざた》にはならなかった。Yは退部した。それからほどなく私も退部した。Yの事件とは関係なかったが、彼が去った後、Yと仲の良かった私は野球部の中で浮き上がってしまった。

Yと再会したのは池袋にある雀荘《ジャンそう》だった。Yは地回りのチンピラといた。私もいつしかYの仲間と遊ぶようになったが、ほどなく横浜《よこはま》の方へ住いを移し、それ以降しばらく逢《あ》うことはなかった。

次に再会したのは社会へ出て一年目の秋で、深夜、赤坂《あかさか》の酒場で偶然出逢った。Yはアパレルメーカーに就職していた。洒落《しやれ》た名刺を私に差し出し、連れていた若い女に、私のことを大袈裟《おおげさ》に紹介した。

それから時々Yから私の会社に連絡があり、二人して飲みに行くようになった。Yは私の給与では遊べない高級クラブへ行き、ホステスたちを連れて店を梯子《はしご》した。

無理をしているようにも思えたが、ほんの一年余り、それも運動部で過ごしただけの関係ではYの本当のところは私もわかっていない気がして、彼がしたいようにさせておいた。二十三歳の若いサラリーマンにとって酒場の女性からちやほやされ、口説けば女を玩《もてあそ》ぶことができるのは魅力があったし、二人ともそれが当り前のように遊んだ。

或る日を境にYからの連絡が失くなり、こちらから連絡しようとしていた時、会社にYの上司という男があらわれ、彼の行方を尋ねてきた。Yは会社の金を横領して逃亡しているということだった。厄介なことに巻き込まれてはと、私はYと頻繁に遊びに出かけていたことも否定した。

次に逢ったのは七、八年後で、千葉のゴルフ場だった。彼から声をかけられなければ、相手があのYとはわからないほど恰幅《かっぷく》のいい身体付きになっていた。船橋《ふなばし》の近くにある名門カントリークラブのメンバーになっており、不動産の仕事をしていた。やはり女連れで、ゴルフの腕前もシングルだと自慢気に日焼けした顔で話した。それがきっかけで私はYと数度ゴルフへ行き、夜は酒場へ出たり、麻雀《マージャン》をしたりした。

その時、ゴルフハウスで逢ったのが参考書の出版社をしていた男だった。Yは野球をしていただけあってゴルフは上手かった。色白で華奢な守備をしていた若者はYの中から失《う》せていた。ゴルフ場の風呂《ふろ》に入って彼の身体を見た時、Yは別の人間にかわっていたのだと思った。

そんな時、私は会社の得意先とトラブルを起こし、十年近く続けた仕事から手を引いた。仕事を離れてみると、自分の十年という歳月があやふやで、たしかなものは小指の先ほども残っていないのを知った。虚《むな》しいというより自分のしてきたことが一から十まで間が抜けていて笑い出したいような気持ちになった。家庭が壊れ、あとは転がり落ちるように放埓《ほうらつ》な生活が始まった。

次にYと逢ったのは一年前の年の瀬だった。

四度目の再会は偶然ではなくYの方から私に連絡をしてきた。

Yは肥満していた。肥えているというよりむくんでいるような顔だった。眼《め》の色がくすみ灰色に近かった。体調がよくないのではと訊《き》くと、自嘲するように笑い、私にだけは頼みたくなかったのだが、と言いながら金の無心をした。

数日後、金を用意して再会し、食事を誘ったが、金を受け取ると、Yは返済のことは後日連絡するといって引き揚げて行った。それっきりYから連絡はなかった。

Yの自殺の話を耳にし、私は男にもう少し詳しく話を聞かせて欲しいと酒場に戻った。Yの死は奇異なものだった。

Yが身を投げたのは、梅田《うめだ》のビルの屋上からで、夜明け方、通行人にビルとビルのはざまに蹲《うずくま》っているような状態で発見された。Yの身体は途中、ビルのどこかにぶつかりバウンドするようにして落下したらしい。通行人もそうだが、警察も驚いたのは、Yの右の足の太腿から下が失せていた。それも機械で切断されたように見事に千切れていた。その足が発見されないために警察は殺人の疑いもあるとして、しばらく捜索を続けたという。

私はその夜、宿泊していた大阪城近くのホテルの部屋で酒を呑んだ。

寝つけなかった。昼間のシンポジウムもそうだが、やはりYの死のことで気が滅《め》入《い》っていた。Yの骨は、茶毘《だび》に付され府の共同墓地へ納められていた。墓参りに行くかと訊かれたが断わった。骨になったものに手を合わせても仕方がない。

私は窓に映る大阪の夜景を見ながら、Yとの日々を思い出そうとした。しかしユニホーム姿のYも、酒場で女たちの肩を抱いていたYも、ゴルフ場でプレーをしていたYも、あらわれてくるYの姿はどれも皆無機質で、逢った時からYに感じていた特別な感情は湧いてこなかった。Yには身体の奥から発散する熱のようなものがあった。せめてその感触の欠片《かけら》でも思い出せないかと思ったが、無駄だった。

カーテンを閉めてベッドに入ろうとした時、高層ビルの中にひとつだけぽつんとある赤い円形の光が目に留まった。その一帯の夜景はこれまで何度かこのホテルから眺めていたのだが、そんな光を放つ建物を見るのは初めてのことだった。

何だろうか。ドームの屋根が照明に浮かんでいるようにも思えた。それにしてはまるみがあり過ぎる。見ているうちに光彩が赤味を増したり淡くなったりするのがわかった。ビルのネオンに似ていた。

私はその光を放つあたりの場所をたしかめた。梅田の近辺であった。Yもあの光を死ぬ間際に見ていたような気がした。

人が自殺をしなくてはならない理由はさまざまであろうが、自殺をする動機は単純なものに思える。平常、死は別の領域に存在しているように感じられるが、いったんその領域に身体の一部が入り込むと、いとも簡単に人は死を受け入れるはずだ。そうでなければ毎年のあの自殺者の数に至らないし、今もどこかで自殺とむき合っている者が列をなしているとは思えない。列の先頭の者が後者を導いているのでも、並ぶ者が前者の背を押しているのでもなかろう。死は死だけが存在しているに過ぎない。

私が初めて死人を見たのは五歳の冬であった。

当時、私の生家は敷地の中に父の経営する店で働く大勢の従業員の家族が住んでいた。私の家族は女系であったため父は私を女ばかりの住む母屋から出し、従業員の暮らす長屋のような棟に移した。棟に長く住んでいる者もいれば、数日で姿を消す流れ者たちもいた。

その中にダンスホールの切符切りをしている女がいた。女は少し頭の回転がゆるく、そのことを彼女も知っていてか、普段から無口だった。挨拶を口にするくらいで自分から人に声をかけることはなかった。それが余計に女の印象を奇異に映していた。こころ根のやさしい女だった。時折、女は私に駄菓子をくれたり、蜜柑《みかん》や葡萄《ぶどう》を持ってきてくれた。私がものごころついた頃にはすでに棟にいたから、長い間働いていたのだろう。女の年齢は三十歳前後ではなかったかと思う。石鹼《せっけん》の匂いがする清楚《せいそ》な女だった。私は女に特別な感情を抱いていたのかもしれない。

或る夏の夜、私は寝苦しさに部屋を出て母屋と棟の間にある庭へ入った。空が紫色だったから夜明け方だったと思う。庭の隅にある蘇鉄《そてつ》の木のそばに影が動いていた。幽霊かと立ち止まっていると、それが二人の影で、一人はあの女だとわかった。もう一人は上半身の動きで春先から棟に入った、沖仲仕《おきなかし》をしている男だとわかった。男は隻腕であった。時折、身綺麗《みぎれい》にして出かける時、男は義手を嵌《は》めた。私は何度か男が義手を嵌めるところを見させてもらったことがあった。

庭の隅でうごめく影が何をしているかは早熟であった私はすぐにわかった。私はそっとその場を離れようとしたが、後ずさりをしていて鉢植えに足を引っかけてしまい、もんどり打って倒れてしまった。鉢の割れる音がした。起き上がって影の方を見ると、男がこちらにむかって歩き出していた。私はあわてて駆け出し部屋の中に入った。蒲団《ふとん》を頭から被《かぶ》って身を硬くしていた。それでも闇の中に今しがた見た男の赤く光る目の色が浮かんだ。ひどい目に遭わされる気がした。

男の趣味は猟であった。男の部屋の隅には猟銃が赤茶けた革の入れ物に収めて立てかけてあった。そのせいか棟の中で頻繁に起こる若衆同士の諍《いさか》いに男が巻き込まれることはなかった。

秋の終りに、私は男に誘われ埋立地に群がる野犬狩りに付いて行ったことがある。男は仲間と二人、銃を肩にかけて芒野《すすきの》に入った。銃の音は想像していたより乾いた音だった。野犬たちは一斉に逃げ去った。後には三匹の犬が横たわっていた。私もおそるおそる男のうしろを付いて行った。一匹の犬はまだ息があった。その犬が歯を剝《む》いて男に嚙《か》みつこうとした。その瞬間男は犬の顔面を右手で殴りつけた。鈍い音がして犬は首を落し顔を草叢に埋《うず》めた。男が右手で犬の首のあたりを突いた。

男の手の先には鉤《かぎ》のようなものが付いており、そこに犬の首がかかっていた。男は笑っていた。振りむいた目の色が赤かった。

女が死んだのは節分の夜だった。生家からほど近い、遊廓《ゆうかく》と旧繁華街に架かる橋の上から桟橋の階段に落ちて女は死んだ。正確に言うと、発見された時、女はまだ息があり、戸板に載せられて棟に運ばれ、しばらくは人の言葉にうなずいていた。

橋の欄干が朽ちて壊れていたから事故であったと、運び込んだ連中は話していた。私は女を取り囲む大人たちの隙間《すきま》から、女の表情を覗き見た。左の耳から頭髪へ深い打ち傷があり、そこから血が滴り落ちていた。それを女衆が布でおさえていた。布はすぐにどす黒くなった。病院に運ばれてほどなく女は死んだ。

それから数ヶ月、夜になると、戸板の上に横たわり、取り囲む男衆の言葉にうなずいたり首を振ったりしていた女の顔が浮かんだ。最後には女は目を閉じてじっとしていた。その時見た女の顔が、私には死人の象徴に思えた。

赤い光が消えた時、耳の底から声が聞こえた。

女の声であった。

何かを訴えているような、拒んでいるように聞こえる声だった。ひょっとしてあの声は、あの女の声ではないかという気がした。訴えていた相手はあの男ではあるまいか。乾いた音がして、女の短い悲鳴が続いた。女はあの男に何かを要求していたのだろう。死に対する恐怖が少年の私の記憶をいっさい閉じ込めて、女があの男と睦《むつ》み合い、何かの事情で殴られていたことを忘れ去ろうとしていたのだ。そうすると戸板の上の女の耳から頭髪の中についた傷は、埋立地の野犬がやられたのと同じ手口のものではなかったのか……。

横になっても眠れなかった。天井のスプリンクラーの突起だけが闇の中に浮かんでいた。たとえ今しがた考えたことが真実だとしても、あの男はもうこの世にはいまい。女は女で男衆の声にうなずいていたのだから、死を賭《と》しての恋情だったのかもわからない。それはそれで世の中のどこかで今もくり返されていることである。

私はベッドを出て、窓辺に寄りカーテンを開いた。

夜景はすでに勢いを失っていた。ビルの群れが人の影のように映った。ビルが揺れていた。

その時、ビルのはざまに黒い棒のようなものが、ぶらぶらと風に揺れている光景があらわれた。ビルの壁から突き出した手鉤のようなものに引っかかっているのは、主《あるじ》を失った人間の足であった。風音が耳の底に響き渡った。

解　説――伊集院さんの外套

桐　野　夏　生

新婚当時、高円寺《こうえんじ》に住んでいたことがある。マンションとは名ばかりの西洋長屋で、ドアを開けるといきなりレンジフードが目に飛び込んでくるような、狭い部屋だった。しかし、共働きの私たちには便利で、子供が生まれるまでの五年間を、そこで過ごした。

私たちの部屋は四階にあった。ベランダからは、当時、電電公社と呼ばれていた横長のビルと、阿佐ヶ谷《あさがや》のK病院がよく見えた。冬晴れの日には、その隙間《すきま》から富士山《ふじさん》が望めた。

ある日、寺山修司《てらやましゅうじ》さんが肝硬変で倒れて、K病院に入院したと聞いた。私は毎日、K病院の方を眺めて暮らした。こんな近くで寺山さんが死と闘っているのかと思うと、どうにも落ち着かなかった。寺山さんは大きな人なのに、やけに腰高で脆《もろ》そうな体型をしていたっけ、などと思い出しては、もしかすると駄目かもしれない、と不安な思いに囚《とら》われたりもしていた。

私は寺山さんに何度か会っていた。いや、寺山さんは、私のことなどまったく覚えていないはずだから、会ったというのは語弊がある。

私は大学を卒業してから、神保町《じんぼうちょう》にある、老舗《しにせ》の出版社系ホールに就職した。そのホールは、芸術的な映画を上映したり、アカデミックな映画講座を開いたりすることで有名だった。そして、私が入社した年から、インドの映画監督のロードショーや、小劇場の演劇を上演して、さらに前衛的な活動を売り物にするようになっていた。企画はどれも評判がよく、とりわけ演劇は、チケットが売り切れる状態が長く続いた。

ある日、一階の受付から十階のホールに電話がかかってきた。寺山修司さんが来ていて、これから演劇を見たい、と仰《おつしや》っているという。チケット売り切れといえども、著名人や劇評家が突如訪れる時のために、常に数枚の取り置きはある。私は上司からチケットを預かって、急いで一階に下りて行った。

受付のデスクの前に、猫背気味の大きな男が後ろ向きに立っていた。若い女性を伴っている。しまった、と思った。一枚しかチケットを用意していなかったのだ。最初に枚数を聞いておけばよかった。

もう一枚取りに行こうと踵《きびす》を返そうとした時、気配を感じたのか、寺山さんが振り向いて、ギョッとした顔をした。戸惑いと私への労《いたわ》りが入り交じったような、複雑な表情だった。若い私は、大人の男が生の感情を無防備に見せるところなど見たことがなかったから、何と正直な人だろう、と驚いたものである。

その何年か後、今度は三田《みた》の本屋で寺山さんを見かけた。白いTシャツ、短パン姿の寺山さんは、十冊近い本を抱えて、意気揚々と店内を歩き回っていた。勿論《もちろん》、私から声などかけられなかったが、縁があるのかな、と不思議に思ったのだった。

寺山さんはK病院で十日ほど頑張った末に、旅立たれた。

色川武大《いろかわたけひろ》さんを、赤坂《あかさか》の路上でお見かけしたのも同じ頃だったろうか。当時の私は、映画ホールを辞めてしまっていた。そして、シナリオの勉強をしながら、市場調査会社でアルバイトをしていた。その会社は、赤坂の衆議院宿舎方向に向かう、急坂の途中の雑居ビルにあった。私は、中央線で高円寺から四谷《よつや》まで行き、丸《まる》ノ内《うち》線に乗り換えて、赤坂見附《あかさかみつけ》駅から徒歩で通っていた。

ある日、文鳥堂《ぶんちょうどう》という本屋の横を、皺《しわ》くちゃの紙袋を提《さ》げた中年男が歩いていた。大顔でギョロ目の、風変わりな顔をしている。色川武大だった。瞬間、色川さんは私の視線に気付いて、ギョッとしたような顔で慌てて目を背けた。ちょうど直木賞を取られた直後のことだったから、私は色川さんの本を読んでいたのだ。
色川さんも気取らない無防備な人なのだ、と私はいたく感心した。同時に、色川さんが怯《おび》えておられたような気がして、意外でもあった。イメージと違うと思った。別の日、TBSテレビの地下で再び色川さんを見かけたが、この時は着物姿の女性と待ち合わせていて、またも怯えたような奇妙な表情を浮かべて去って行かれた。

文庫解説と関係のない話を延々と書いているのは、寺山修司さんや色川武大さんという男たちと、伊集院さんに共通するものがあるように思えるからだ。（まったくの偶然だが、この稿を書く直前、伊集院さんが色川さんとの交流を書かれた小説を上梓《じようし》されたことを知った）
他人のざわめく感情に対して、ものすごく鋭敏な男たちがいる。彼らの感受性のレーダーは異様に発達していて、他人の感情の動きをすぐ感じ取るのだ。が、感じ取っても、男たちは何もしない。いや、できない。ただ、怯えたような、不思議な表情を浮かべるだけだ。その波動は、すぐさまこちらにも伝わってきて、うろたえさせられる。なぜか、あまりにも鋭敏で、不穏だからである。寺山さんがK病院で死と闘っている時、私が不安に思ったのは、寺山さんのナイーブさが不吉だったからではないだろうか。

伊集院さんは、ご自分の経験を隠すことなく書かれる作家である。弟さんの死。若い奥さんの死。友人の自殺。知人の失踪《しっそう》。これらの暴虐としか言いようのない死や喪失は、突然、伊集院さんを襲って、大きく混乱させたはずである。伊集院さんは、死に、肩を摑《つか》まれたことのある人なのだ。

しかしながら、伊集院さんは、他の誰よりも動揺をうまく隠している。柔らかな心を、未舗装路の土埃《つちぼこり》にまみれた外套《がいとう》で覆っているようなところがある。この外套は、男の作家しか纏《まと》わないし、都会にもない。

六、七年前のことになろうか。韓国の仁川《インチョン》港から、中国への船旅を経験したことがあった。昨年、北朝鮮から砲撃があった韓国の海域を、中朝国境の街、丹東《タンドン》に向かったのだ。まだ海に薄い氷がびっしりと浮かんでいるような春先の頃だった。

船は古かった。桟橋から船に乗り込んだ私は、あっと驚いた。青函《せいかん》連絡船ではないかと思ったのだ。船の形に見覚えがあった。壁には、「非常口」「洗面所」など、日本語のプレートがまだ残っている。船底の畳敷きの大広間もそのままだった。

不意に、少女時代の思い出が蘇った。

青函連絡船は、我が家には馴染《なじ》みが深い乗り物だった。私が生まれる前、父が青森側の青函連絡船乗り場の建物の建築に携わったからである。洞爺丸《とうやまる》の海難事故もあって、たまたま乗らずに済んだ父は九死に一生を得ていた。その話は繰り返し聞いた。

私が初めて青函連絡船に乗ったのは小学校二年。建設会社に勤める父が札幌《さっぽろ》へ転勤になったためである。両親と祖母、兄と弟、そして私。六人家族の大移動だった。当時、北海道へは、特急と接続している青函連絡船で渡るのが一般的だった。私は初めての船旅が珍しくて、船底の大部屋を覗《のぞ》きに行った。すると、車座になった男たちが昼間から酒を飲んでいるのに出くわした。男たちは大声で喋《しゃべ》り散らし、乗客の女を値踏みするような目で眺め回していた。私は怖《おそ》ろしかった。

つまり、青函連絡船と言えば、私には、昭和三十年代の裸電球の影の濃さや、酔った野卑《やひ》な男たちの象徴でもあった。「昭和の野蛮」である。まだ人々の表情には戦後の貧しさと、何もかもをなくした解放感が張り付いていて、朝鮮戦争の景気が気分を高揚させていた。だから、どこの街にも、必ずや血気盛んな男たちが多くいて、若い女に悪さをしたり、少年を怯えさせたりしていたのだった。

それと同じ匂いが、伊集院さんの小説にはある。とりわけ、この作品集の表題作となった「宙ぶらん」と「羽」は、流された血が濁ったまま乾いているような、危うく怖ろしい作品である。

「宙ぶらん」の「私」とは、伊集院さん自身であろうか。逗子《ずし》のホテルで無為の日々を過ごしている「私」は、ある日、横須賀《よこすか》線の車中から奇妙な看板を目にする。「××義肢製作所」。どうしてあんな看板が気になるのだろう、と「私」は考えるが、その訳はわからない。ただ、目的も見つからず、何もできずに過ごす日々が何とも「宙ぶらりん」な感じがして、その芯《しん》のない感覚が、手や足をなくした欠落と似ているのだった。

二十年後、「私」は、友人のYが自殺したと聞いて、その時の「宙ぶらりん」な感覚を思い出す。Yは、大学の野球部の同期だった。優男の癖に凶暴なところのあるYは、先輩を刺して野球部を辞め、姿を晦《くら》ました。やがて、Yは羽振りがよくなって、「私」の前に現れる。が、何をして生きているのかわからない。どうやら、Yの芯はどこかに消えてしまったらしい。いや、もともとなかったのかもしれない。そんなことを考えていると、また何年かしてYは「私」の前に現れ、金の無心をして消える。挙げ句、飛び降り自殺をしてしまう。Yは本当に自ら死んだのだろうか。芯のない人間が自死できるのだろうか。「私」は、Yの死体の右足が消えていたと聞いて、「××義肢製作所」を思い出すのである。

この「宙ぶらん」と、子供の頃に失踪した男に似た男が現出する「羽」は、薄気味が悪いだけでなく、怖ろしい小説である。

それでも清冽《せいれつ》で、美しく感じられるのは、主人公の「私」が本当に「宙ぶらりん」ではないからである。「私」の心の梁《はり》は高く、欠損はない。それが伊集院さんの「外套」である。強い心だ。伊集院さんの「外套」はおそらく、その生まれた土地で培《つちか》われたものであろうし、男同士の切磋琢磨《せっさたくま》から生まれてきたものであり、その意味では、女も都会の男も持てないのである。伊集院さんの「外套」は、伊集院さんの書く小説を、普遍的な「定点観測」にもしている。

以前、伊集院さんは、「宙ぶらん」に収められた作品はモーパッサンを意識して書いた、と仰ったことがある。モーパッサンはたった十年間で、約二百八十もの短篇を書いた作家である。優れた短篇を多く書いたという意味では、伊集院さんとモーパッサンは確かに似ている。けれど、伊集院さんの作品の方が遥《はる》かに良質でうまいのは周知の事実である。正統的な短篇を、誠実な態度で書き続けている点は、信頼すべき作家の証《あかし》であろう。

しかしながら、私は伊集院さんの「外套」を纏った小説の方が遥かに好みだ。

「野蛮」を描く作家は、野蛮に動揺するしなやかな心があるからこそ、描けるのだ。とはいえ、いつか伊集院さんが「外套」を脱ぐ日が来るのかもしれない。その時、どんな伊集院静が現れるのか、どんな作品が提示されるのか、読者としては頗《すこぶ》る楽しみである。

（きりの・なつお　作家）

この作品は二〇〇六年二月、集英社より刊行されました。

初出

煙　草　「青春と読書」二〇〇四年八月号
塩　「青春と読書」二〇〇五年三月号
羽　「青春と読書」二〇〇四年三月号
聖人・ペネ　「青春と読書」二〇〇五年六月号
魔術師・ガラ　「青春と読書」二〇〇五年七月号
月と魚　「青春と読書」二〇〇四年七月号
岬　「青春と読書」二〇〇四年一一月号
失　踪　「青春と読書」二〇〇四年二月号
階　段　「青春と読書」二〇〇四年四月号
宙ぶらん　「小説すばる」一九九九年一月号

集英社文庫

宙《ちゅう》ぶらん

2011年6月30日 第1刷
2023年12月23日 第2刷

定価はカバーに表示してあります。

著者 伊集院《いじゅういん》 静《しずか》

発行者 樋口尚也

発行所 株式会社 集英社
東京都千代田区一ツ橋2-5-10 〒101-8050
電話 【編集部】03-3230-6095
【読者係】03-3230-6080
【販売部】03-3230-6393(書店専用)

印刷 大日本印刷株式会社

製本 大日本印刷株式会社

フォーマットデザイン アリヤマデザインストア　マークデザイン 居山浩二

ISBN978-4-08-746713-0 C0193